FOLIO POLICIER

Jim Thompson

Le démon dans ma peau

Traduit de l'américain
par France-Marie Watkins

Gallimard

Jim Thompson, né en 1906 dans l'Oklahoma, est le fils de « Pop », un shérif de comté parti au Mexique chercher fortune dans le pétrole. Resté auprès de sa mère institutrice, Jim Thompson s'initie aux classiques avant que la famille ne se retrouve et s'installe au Texas où Pop, devenu riche, a ouvert un cabinet juridique. Jim Thompson travaille dans des journaux dès l'âge de seize ans et multiplie les petits boulots. Il fume, boit, tombe gravement malade et se nourrira, dans son œuvre de ses nombreuses expériences qui le placeront toujours dans le camp des humbles et des victimes du rêve américain. Son père lui-même, de nouveau ruiné, marquera durablement son fils qui travaillera longtemps à ses côtés dans les champs de pétrole. Jim Thompson publie son premier véritable roman noir en 1949 *(Cent mètres de silence)* puis enchaînera des livres devenus depuis, tous genres confondus, des classiques de la littérature. Il meurt le 7 avril 1977 dans la plus totale indifférence. Ses romans, expression de sa vision pessimiste de l'humanité, mais ô combien criante de vérité et de sincérité, continuent pourtant de prouver l'éclatant génie d'un des grands écrivains américains du XXe siècle.

J'avais fini ma partie et j'étais à moitié [illegible] quand à [illegible]. La [illegible] était [illegible] quelques minutes auparavant [illegible] comme d'habitude. [illegible] de la [illegible] dans la salle [illegible] la [illegible] que je [illegible] et [illegible] image [illegible] dans l'ombre. Mais je [illegible] toujours là. Je me [illegible] bien qu'il [illegible] toujours [illegible].

Il [illegible] une petite [illegible] votre soldat, elle s'est [illegible]

— Sans [illegible] revoir !

— Fernande [illegible] une grande nouvelle.

Je l'ai su.

— Pas de [illegible], pas de [illegible]. A quoi ça me servait ?

I

J'avais fini ma tarte et j'en étais à mon deuxième café quand je l'ai repéré. Le train de marchandises était arrivé quelques minutes auparavant, c'est-à-dire à minuit, comme d'habitude. Planté tout au bord de la vitrine du bistrot, côté gare, le gars lorgnait dans la salle, la main en visière pour se protéger les yeux que la lumière faisait clignoter. Il a vu que je le guettais et son visage s'est aussitôt replongé dans l'ombre. Mais je savais qu'il était toujours là. Je me doutais bien qu'il attendait. Les cloches me prennent toujours pour un cave facile à couillonner.

J'allumai un cigare et me laissai glisser de mon tabouret. La serveuse, une petite nouvelle de Dallas, me détaillait pendant que je boutonnais ma veste. Soudain, elle s'est écriée :

— Sans blague, vous n'avez même pas de revolver !

A l'entendre, on aurait cru qu'elle m'annonçait une grande nouvelle.

Je lui ai souri.

— Pas de revolver, pas de goumi, rien de tout ça. A quoi ça me servirait ?

— Mais vous êtes flic... C'est-à-dire, shérif adjoint ! Et si un bandit vous tirait dessus ?

— Nous n'avons guère de bandits, ici, à Central City, vous savez. D'abord, les gens c'est toujours des gens, pas vrai ? Même s'ils se trouvent un tantinet détournés du droit chemin... Si on leur fait pas de mal, ils vous font pas de mal. Ils écoutent la voix de la raison.

Elle secouait la tête, tout épatée, les yeux pleins d'un respect craintif. Je me suis dirigé vers la caisse, face à la sortie. Le patron n'a pas voulu de mon argent. Il l'a repoussé vers moi ; avec deux cigares, par-dessus le marché ! Il m'a même encore remercié de m'être occupé de son fils.

— Ce n'est plus du tout le même gamin, à présent, Lou, me dit-il. (Il bredouillait en attachant tous les mots ensemble, à la façon des étrangers.) Il reste à la maison le soir ; à l'école, ça marche bien. Et il n'arrête pas de parler de vous, de dire quel chic type c'est, l'adjoint Lou Ford...

— J'ai rien fait, allons ! J'ai juste causé un peu avec lui. Je me suis intéressé à lui, quoi ! N'importe qui aurait pu en faire autant.

Il a protesté :

— Non. Il n'y a que vous pour être capable de ça. Comme vous êtes bon, vous rendez les autres pareils à vous.

Il était tout prêt à terminer l'émission avec ça, mais pas moi. J'ai posé le coude sur le comptoir, j'ai croisé un pied derrière l'autre et j'ai tiré une longue bouffée de mon cigare. J'aimais bien le bonhomme, comme j'aime la plupart des gens, d'ailleurs, mais il était trop bien dans son genre pour que je le lâche comme ça. Poli, intelligent et tout... Ces gars-là, pour moi, c'est un vrai régal ! Mine de rien, voici ce que je me suis mis à lui débiter, de ma voix la plus traînante :

— Bon. Eh bien, vous voulez que je vous dise ? Dans mon idée, on ne tire de la vie que ce qu'on y met. Parfaitement !

— Hum ! a-t-il fait, avec un brin d'impatience. Je trouve que vous avez raison, Lou.

— J'y pensais justement l'autre jour, Max ; je pensais à un truc. Et puis brusquement, il m'est venu une sacrée bon Dieu d'idée. Ça m'est tombé comme ça sur le caillou sans crier gare : l'homme est en germe dans l'enfant… Parfaitement ! L'homme est en germe dans l'enfant, moi, je vous le dis !

Son sourire devenait plutôt crispé. J'entendais craquer ses souliers, tellement il se tortillait sur place, au comble de l'impatience. S'il y a au monde quelque chose de pire qu'un casse-pieds, c'est un casse-pieds sentencieux, amateur de banalités. Mais comment peut-on envoyer sur les roses un brave type, gentil comme tout, qui vous donnerait sa chemise pour peu qu'on la lui demande ?

— M'est avis, repris-je, que j'aurais bien dû être professeur ou quelque chose comme ça… Même en dormant, je ne peux pas m'empêcher de résoudre des problèmes… Tenez, par exemple, cette vague de chaleur qu'on a subie, il y a quinze jours, trois semaines… Des tas de gens croient que c'est à cause des calories dégagées par le soleil qu'on a si chaud. Mais ce n'est pas ça du tout, Max. Ce n'est pas à cause de la chaleur mais à cause de l'humidité. Je parie que vous ne saviez pas ça, hein ?

Il s'est alors raclé la gorge et a vaguement

marmonné qu'on avait besoin de lui à la cuisine. J'ai fait semblant de ne pas avoir entendu.

— Tenez, à propos du temps ; encore un détail curieux. Tout le monde en parle, du temps ; mais personne ne lève le petit doigt pour le faire changer... Vous ne trouvez pas ça drôle, vous ? Ma foi, peut-être que ça vaut mieux. Après la pluie, le beau temps, pas vrai ? Et puis, s'il n'y avait jamais de pluie, on n'aurait pas d'arcs-en-ciel non plus, hein ?

— Lou...

— Bon... Eh bien, faudrait que j'y aille, probable. J'ai pas mal à faire, pas d'erreur, et j'ai pas envie d'être obligé de cavaler. Hâte-toi lentement... Ça, c'est bien vrai. Moi, j'y regarde toujours à deux fois avant de sauter...

J'en remettais un peu, mais je ne pouvais pas me retenir. Assommer les gens de cette façon-là, c'est presque aussi agréable que de l'autre, la vraie. Celle que je m'étais donné tant de mal à essayer d'oublier. J'y étais même presque arrivé ; mais il a fallu que je fasse la connaissance de cette sacrée fille...

Je pensais justement à elle, en sortant dans la nuit fraîche du Texas. Mais le loquedu était là, qui m'attendait...

II

Central City a été fondé en 1870, mais ce n'est devenu réellement une ville qu'il y a dix ou douze ans. Au début, on expédiait de ce bled des tas de bestiaux et un peu de coton ; et Chester Conway, qui est natif d'ici, en fit le siège social de la Conway Construction C°. Mais ce n'était encore guère plus qu'un carrefour sur une route du Texas. Survint alors le boom du pétrole et, du jour au lendemain, à peu de chose près, la population a fait un bond à quarante-huit mille habitants.

Or, le village était plus ou moins niché dans un creux de vallée, au milieu d'une quantité de collines. Il n'y avait pas assez de place pour les nouveaux venus qui se sont répandus dans tous les azimuts, avec leurs maisons et leurs boutiques. A présent, ils se trouvent tous éparpillés sur près d'un tiers du canton. Ce n'est pas exceptionnel, dans un pays à pétrole ; on voit beaucoup de patelins comme le nôtre, par chez nous. Ils n'ont pas de véritable police municipale, rien qu'un flic ou deux. C'est le bureau du shérif qui fait respecter la loi, tant dans la ville proprement dite qu'à la campagne, dans le reste du canton.

On s'en tire assez bien, sauf erreur. Mais de temps en temps, il y en a qui abusent ; on se trouve dépassés par les événements ; alors on donne un bon coup de balai. C'est pendant le coup de balai d'il y a trois mois que j'étais tombé sur cette fille.

— Une dénommée Joyce Lakeland, m'avait dit Bob Maples, le vieux shérif. Elle habite à sept ou huit kilomètres, au bout de Derrick Road, juste après la ferme du père Branch. Elle a une jolie petite bicoque par là-haut, derrière un bouquet d'acacias.

— Je crois connaître le coin. Une professionnelle du racolage, Bob ?

— Ma foi, probable, mais ce qui est sûr, c'est qu'elle fait ça discrètement. Elle se garde bien d'exagérer et de se faire sauter par des journaliers ou des vachers. S'il n'y avait pas toute cette bande de clergymen qui me cassent les burnes avec ça, je lui ficherais une paix royale, moi !

Je me demandai s'il en croquait, et puis je me dis que non. Bob Marples n'était peut-être pas un aigle, mais il était honnête. J'ai voulu savoir :

— Bon, mais comment je vais l'attaquer, cette Joyce Lakeland ? Je lui dis d'y aller mollo un moment ou bien de mettre carrément les bouts ?

Le shérif s'est gratté la tête, le front plissé.

— Ma foi, je ne sais pas, Lou. Je crois... Ecoute, t'as qu'à y aller, et tu la verras, tu décideras toi-même. Je sais que tu seras tout doux, aimable et plaisant comme tu sais l'être. Et je sais aussi que tu peux être ferme s'il le faut. Alors, vas-y donc ! Vois un peu l'effet qu'elle te fait. Moi, je t'appuierai, de toute façon.

Il était dans les dix heures du matin quand j'arrivai chez la bonne femme. J'entrai ma voiture dans la cour et lui fis faire demi-tour pour pouvoir repartir facilement. La plaque officielle du bureau du shérif ne se voyait donc pas ; mais je ne l'avais pas fait exprès. Ça devait se passer comme ça, faut croire.

Je suis monté sur le perron, l'air dégagé, j'ai frappé à la porte et j'ai reculé d'un pas, en ôtant mon grand chapeau de cow-boy, à la Stetson.

A vrai dire, j'étais plutôt dans mes petits souliers. Je ne savais pas trop ce que j'allais lui raconter. On est un tantinet vieux-jeu, dans notre coin, et nos manières ne sont pas tout à fait les mêmes que dans l'Est ou le Middle West. Chez nous, on dit : « Oui, madame » et « Non, madame » à tout ce qui porte jupon ; tout ce qui est blanc de peau, naturellement. Chez nous, si on chope un type en train de mettre culotte à terre, on s'excuse... quitte, s'il le faut, à lui passer les bracelets par la suite. Chez nous, quand on est un homme, on est aussi un gentilhomme, ou alors on n'est rien du tout. Et, si vous n'êtes rien, alors, à la bonne vôtre !

La porte s'est donc entrebâillée d'un ou deux centimètres. Et puis elle s'est ouverte complètement et j'ai vu la fille plantée devant moi qui me regardait.

— Qu'est-ce que c'est ? a-t-elle demandé d'une voix glaciale.

Elle portait un short de nuit, et un chandail de laine ; ses cheveux châtains étaient tout emmêlés, comme une queue de petit mouton, et sa figure sans maquillage était bouffie de sommeil. Mais ces détails n'avaient aucune importance. Pas plus que si je l'avais surprise en train de sortir en rampant d'une bauge à cochons vêtue d'un sac à pommes de terre ! Vous imaginez à quel point elle en avait, de ça !

Elle a bâillé sans chercher à s'excuser, et elle a

répété son « Qu'est-ce que c'est ? » mais, moi, impossible de parler... Je devais la reluquer bouche bée comme un petit péquenot. Ça se passait, il y a trois mois, n'oubliez pas, et je n'avais pas eu de crise depuis près de quinze ans. Pas depuis l'âge de quatorze ans.

Elle n'était pas grande, guère plus d'un mètre cinquante et quelques, cinquante kilos tout habillée et un peu maigriote au cou et aux chevilles. Mais c'était très bien. Elle me parut formidable. Le bon Dieu avait su coller la chair juste là où il en fallait et où ça ferait le plus d'effet.

Brusquement, elle a éclaté de rire :

— Ah ! Mon Dieu ! Allons, entrez ! D'habitude, je ne fais pas ça le matin d'aussi bonne heure, mais...

Elle retenait la porte de toile métallique pour que je puisse passer et m'a fait signe. Je suis entré. Elle a fermé derrière moi, en donnant un tour de clé. J'ai dit :

— Excusez-moi, madame, mais...

— Non, non, ça ne fait rien. Seulement, faut que je boive mon café avant de commencer... Entrez, allez vous installer dans le fond.

J'ai suivi le petit couloir qui m'a mené à la chambre. J'étais mal à l'aise en l'entendant faire couler de l'eau pour son café. Je m'étais conduit comme un branque. Ça n'allait pas être facile de me montrer énergiquc avec elle, après un début pareil. Pourtant, quelque chose me disait que ce serait indispensable. Je ne savais pas pourquoi ; je ne le sais toujours pas. Mais, dès le premier instant, je l'avais compris. C'était là une petite bonne femme qui obtenait toujours ce qu'elle voulait et se fichait pas mal de ce que ça pourrait lui coûter.

Et puis, merde ! après tout ; ce n'était qu'une impression. Elle s'était conduite tout à fait comme il faut ; sans compter qu'elle avait une petite maison discrète et tout. Je résolus de fermer les yeux, de lui ficher la paix, pour le moment du moins. Pourquoi pas ? Et puis, par hasard, mes yeux sont tombés sur la glace de la coiffeuse, et j'ai vu tout de suite que ce serait impossible. Le tiroir de la coiffeuse était entrouvert, et la glace légèrement inclinée. Et moi, je sais faire la différence entre la tapineuse quelconque et celle qui possède un pétard.

J'ai donc sorti l'outil du tiroir — un automatique 32 — juste au moment où elle rappliquait avec son café sur un plateau. Ses yeux ont jeté des éclairs ; elle a posé bruyamment le plateau sur une table en criant :

— Hé ! dites donc, qu'est-ce que vous faites avec ça ?

J'ai ouvert ma veste et je lui ai montré mon insigne.

— Bureau du shérif, madame. C'est à moi de vous demander ça.

Elle n'a pas répondu. Elle a simplement pris son sac sur la commode, l'a ouvert et en a tiré un permis. Il avait été établi à Fort Worth, mais ça la mettait en règle. Ces trucs-là sont généralement valables d'une ville à l'autre.

— Alors, ça va comme ça, flicard ?

— Oui, je crois, mademoiselle. Mais je m'appelle Ford. Pas flicard !

Je l'ai alors gratifiée de mon plus beau sourire, mais elle ne me l'a pas rendu. Mon instinct ne m'avait pas trompé. Une minute avant, elle avait été toute prête à se mettre sur le dos, et ça n'aurait peut-être rien changé que je n'aie pas un rond. Maintenant, elle était prête pour tout autre chose et se fichait pas mal que je sois un flic ou le bon Dieu en personne !

Je me demandais comment elle avait fait pour vivre si longtemps. Elle s'était mise à se payer ma tête.

— Doux Jésus ! Je tombe sur un des plus chouettes gars que j'aie jamais vus, et voilà que c'est un sale flic qui vient fouiner par là ! Alors ce sera combien, hein ? Je ne monte pas avec les flics, moi !

Je me suis senti rougir jusqu'aux oreilles.

— Madame, ce n'est pas très poli, ça. J'étais simplement venu pour faire un brin de causette.

— Bougre de sale con ! Je te demande combien tu veux !

— Puisque vous le prenez sur ce ton, je vais vous répondre. Je veux qu'avant le coucher du soleil vous ayez quitté Central City. Si je vous chope encore ici une fois la nuit tombée, moi, je vous coffre pour prostitution !

Je me suis flanqué mon chapeau sur la tête et j'ai pris la direction de la porte. Elle s'est plantée devant moi, pour me barrer le passage.

— Espèce de saloperie vivante ! Vous...

— Ne me traitez pas comme ça, madame ; ne dites pas ça !

— Comme je veux, que je vous traite ! Et je vais recommencer ! Vous n'êtes qu'un fumier, une ordure, un sale maquereau !

J'ai voulu l'écarter. Il fallait que je me tire de là. Je savais ce qui arriverait si je ne filais pas, et je savais que je ne pouvais pas me le permettre. Je risquais de la tuer. Je risquais d'avoir encore ma crise… Et même sans ça, je serais foutu. Elle irait le gueuler sur les toits. Et les gens se mettraient à se creuser la tête et à se demander ce qui avait bien pu se passer, cette fameuse fois, quinze ans auparavant…

Elle m'a giflé si fort que mes oreilles en ont bourdonné, d'abord d'un côté, puis de l'autre. Elle a continué à me claquer : gauche, droite, gauche, droite… Sans arrêt. Mon chapeau s'est envolé pour aller valser dans un coin. Je me suis baissé pour le ramasser et elle m'a flanqué un coup de genou sous le menton.

J'ai trébuché à la renverse, sur les talons, et je suis tombé, le derrière par terre. J'ai entendu un rire méchant et puis un autre plus doux, en guise d'excuse.

— Vingt dieux, shérif !… Je ne l'ai pas fait exprès. Mais vous m'avez tellement poussée à bout que j'ai vu rouge et…

— Oui, oui, bien sûr… (Je souriais. Je recommençais à voir clair, et j'avais retrouvé ma voix.) Mais oui, madame, je comprends bien, allez. J'étais comme ça, moi aussi, dans le temps. Vous me donnez un coup de main ?

— Vous… vous allez me faire mal ?

— Moi ? Mais non, vous rigolez, madame !

— Non. (Elle avait presque l'air déçue.) Je sais bien que non. On voit tout de suite que vous avez bon caractère, vous.

Elle s'est alors approchée lentement, en me tendant les deux mains.

Je me suis mis debout en lui saisissant les deux poignets d'une seule main et, de l'autre… Vlan ! J'ai cogné. Elle a bien failli tomber dans les pommes.

Mais, moi, je n'y tenais pas. Je voulais qu'elle comprenne bien ce qui lui arrivait. Les dents serrées, découvertes dans un rictus, j'ai répliqué :

— Non, bébé. Je ne vais pas te faire du mal. Loin de moi cette pensée ! Je m'en vais tout simplement te fouetter le cul à te l'arracher !

J'avais dit ça pour de bon et il s'en est fallu d'un poil que j'y arrive.

Je lui ai tiré le chandail par-dessus la tête et j'ai fait un bon nœud. Je l'ai alors flanquée sur le lit, et j'ai arraché son short de nuit qui m'a servi à lui ligoter les chevilles. Après, j'ai défait ma ceinture et je l'ai balancée au-dessus de ma tête pour prendre mon élan.

J'ignore combien de temps ça a duré, combien de temps j'ai frappé avant de reprendre mes esprits. Tout ce que je sais, c'est que j'avais un mal de chien au bras et que ses fesses n'étaient plus qu'une énorme plaie. J'avais aussi une peur folle, une peur à en crever.

Je l'ai donc débarrassée du chandail et lui ai détaché les chevilles. J'ai couru à la salle de bains et je suis revenu avec une serviette mouillée pour la rafraîchir. Je lui ai versé un peu de café entre les lèvres. Et tout le temps, je parlais, en n'arrêtant pas de la supplier de me pardonner, de lui faire les plus basses excuses.

Jc me suis traîné à genoux près du lit ; je l'ai implorée je ne sais combien de fois... Finalement, ses paupières ont frémi et elle a ouvert les yeux. Elle a soufflé :

— Non, arrête...

— Non. Je ne recommencerai pas. Je vous le jure. Je vous jure, madame, jamais plus...

— Ne parle pas… (Ses lèvres ont alors caressé les miennes.) Ne t'excuse pas.

Elle m'a embrassée, puis elle s'est mise à tirailler ma cravate, les boutons de ma chemise ; elle a entrepris de me déshabiller alors que j'avais failli l'écorcher vive !

Je suis retourné chez elle le lendemain et le surlendemain. Je n'arrêtais plus d'y aller. On aurait cru un coup de vent qui ranime un feu mourant. C'est à partir de ce moment-là que je me suis mis à asticoter les gens, mine de rien, à les faire enrager, à défaut de leur faire autre chose. Je me suis pris aussi à envisager de régler le compte de Chester Conway, de la Conway Construction Company.

Je ne prétends pas n'y avoir jamais songé auparavant. Si ça se trouve, j'étais resté à Central City durant toutes ces longues années, uniquement dans l'espoir de me venger de Chester. Mais sans elle, je ne pense pas que j'aurais jamais rien entrepris. C'était elle qui avait réveillé le feu qui couvait. Et elle m'a montré de quelle façon je pourrais m'y prendre.

Sans le moins du monde s'en douter, elle m'a fourni la solution. C'était un jour, une nuit plutôt, six semaines après notre première rencontre. Elle m'a dit :

— Lou, je ne veux pas qu'on continue comme ça. Tirons-nous de ce sale patelin, nous deux, toi et moi.

— Mais tu deviens complètement folle ? Tu te figures que moi, je…

Ça m'avait échappé. Je voulus me reprendre. Mais elle ne m'en laissa pas le temps.

— Allons. Continue, Lou. Je veux te l'entendre dire. Raconte-moi un peu… (Elle se mit alors à imiter mon accent traînant du Sud.) Nous autres, les Ford, on est d'une très bonne famille, vous savez, madame... Nous autres, les Ford, il ne nous viendrait jamais à l'esprit que nous pourrions partager la vie d'une pauvre vieille putain ! Songez donc ! Nous autres, les Ford, on ne mange pas de ce pain-là, madame !

Il y avait de ça, forcément, et même pas mal. Mais ce n'était pas le principal. Je savais qu'elle me rendait de plus en plus marteau. Je savais que si je n'arrêtais pas bientôt, ce serait foutu. Je finirais en taule ou sur la chaise électrique !

— Allez, vas-y, Lou. Raconte. Ou, alors, c'est moi qui vais te dire quelque chose.

— Ne me menace pas, Bébé ! J'aime pas les menaces !

— Je ne te menace pas. Je te préviens. Si tu te crois trop bien pour moi, je... je...

— Vas-y ! puisque c'est ton tour de parler !

— Je ne voudrais pas te dire ça, Lou, mon chéri. Mais je te préviens que je ne renoncerai jamais à toi. Jamais, jamais, jamais. Si tu te crois en ce moment trop bien pour moi, eh bien, moi, je vais m'arranger pour que tu ne le sois plus !

Je l'ai embrassée longuement. Un baiser rude, impitoyable, car sans même se douter de rien, Bébé était morte. Et pourtant, en un sens, je n'aurais pas pu l'aimer davantage qu'à ce moment-là.

— Allons, allons, Bébé, tu te mets martel en tête pour rien du tout. Moi, c'était à la question fric que je pensais, tout à l'heure.

— J'ai de l'argent. Je peux en avoir bien plus. Beaucoup, beaucoup d'argent.

— Sans blague ?

— Mais oui, Lou, je peux. Je sais que je le peux ! Il est fou de moi, et il est con comme un balai. Je parie que si son vieux devinait que je vais l'épouser, il...

— Qui ça ? De qui parles-tu, Joyce ?

— D'Elmer Conway. Tu sais bien qui c'est, pas vrai ? Le vieux Chester, c'est son père.

— Evidemment ! Bien sûr que je les connais, les Conway. Comment crois-tu pouvoir leur mettre le grappin dessus ?

On a examiné la question sous toutes ses faces, couchés sur le lit, là, tous les deux ; et au beau milieu de la nuit, une espèce de voix m'a murmuré à l'oreille : « *Laisse tomber, Lou. Oublie tout ça ; il n'est pas trop tard, si tu arrêtes tout de suite...* » Effectivement, j'ai essayé. Dieu m'est témoin, j'ai essayé. Mais, tout de suite après, elle m'a saisi la main et l'a fourrée entre ses seins avec force frissons et force gémissements... Alors, ça m'a empêché de laisser tomber.

Au bout d'un moment, j'ai dit :

— Ma foi, probable qu'on pourra trouver un moyen de goupiller ça. M'est avis que si ça ne réussit pas du premier coup, il faudra faire une nouvelle tentative. Sans se rebuter. Patience et longueur de temps...

— Miam, miam, chéri ?

— En d'autres termes, vouloir, c'est pouvoir.

Elle gigoté un peu, et s'est mise à glousser :

— Ah ! Lou, avec tes proverbes à la con ! Tu me feras toujours marrer. A en crever !

*

… La rue était plongée dans l'obscurité. J'étais un peu plus loin, à quelques portes du bistrot, et l'espèce de cloche continuait à me bigler, sans bouger. Il était plutôt jeune, dans mes âges à peu près, et portait un costume pas mal du tout, qui avait dû voir de meilleurs jours.

— Alors, dites donc, hé ! mon petit pote… Dites, hé ? Je viens de prendre une sacrée biture et bordel ! Si je ne mange pas quelque chose bientôt…

— Quelque chose pour te réchauffer un peu, tu voudrais ?

— Ah ! oui, alors ! N'importe quoi, ce que vous pourrez me donner, ça me…

D'une main, j'ai ôté le cigare de ma bouche, et de l'autre j'ai fait comme si j'allais prendre quelque chose dans la poche ; mais je lui ai agrippé le poignet, et je lui ai écrasé mon cigare dans le creux de la main.

— Bordel de merde ! (Il a poussé un cri et s'est écarté brusquement.) A quoi vous jouez, bon sang ?

Je lui ai ri au nez, et je lui ai montré mon insigne en lui disant :

— Allez, tire-toi !

— Oui, mon pote, sûr, tout de suite ! (Il s'est mis à battre en retraite à reculons. Il n'avait pas l'air particulièrement effrayé, ni furieux ; on aurait dit plutôt que j'avais piqué sa curiosité.) Un conseil, mon pote, a-t-il ajouté, vous feriez bien de vous surveiller de ce côté-là, vous savez. Oui, pour sûr, vous feriez bien…

Il a tourné les talons et il s'est éloigné du côté des voies ferrées.

Je l'ai suivi des yeux, le cœur plutôt barbouillé, et pas très d'aplomb sur mes jambes, pour tout dire. Puis je suis allé reprendre ma bagnole et j'ai mis le cap sur la bourse du travail.

III

La bourse du travail de Central City se trouve dans une petite rue, à trois ou quatre cents mètres de la place du palais de justice. L'immeuble n'a rien d'imposant : une vieille bâtisse en briques à un étage ; le rez-de-chaussée est loué à une académie de billard. Les bureaux des syndicats et la salle de réunions se trouvent au premier.

Je suis monté et j'ai parcouru le couloir sans lumière jusqu'au fond où une porte vitrée donne accès aux plus beaux bureaux de l'immeuble. Une inscription sur le verre dépoli annonce :

CENTRAL CITY, TEXAS
Secrétariat du syndicat du Bâtiment
Joseph Rothman, Sec. Gen.

Rothman m'ouvrit avant que j'aie eu le temps de tourner la poignée. Il me serra la main, en disant :

— Allons dans le fond, nous serons mieux. Je m'excuse de vous avoir fait venir si tard, mais comme vous êtes de la police et tout, je me suis dit que ça valait mieux.

— Oui, vous avez raison, fis-je.

Je m'en serais bien passé, de le voir. La police chez nous est toute du même bord, ou peut s'en faut. J'avais tout de suite deviné de quoi il voulait me parler.

Rothman était un type d'une quarantaine d'années, petit et trapu, aux yeux noirs perçants, à la tête trop grosse, semblait-il, pour son corps. Il mâchouillait un cigare, mais après s'être assis à son bureau, il l'abandonna et se mit à rouler une cigarette. Il l'alluma et souffla un jet de fumée sur l'allumette pour l'éteindre, tout en évitant soigneusement de me regarder en face.

— Ecoutez, dit le chef du syndicat. (Il hésita alors un instant.) Ecoutez, j'ai quelque chose à vous dire — tout à fait entre nous, je tiens à vous le préciser — mais j'aimerais que vous répondiez d'abord à une question. C'est probablement un sujet assez gênant pour vous, douloureux, même, mais... Dites, Lou, quels étaient vos sentiments à l'égard de Mike Dean ?

— Mes sentiments ? Je ne vois pas très bien ce que vous entendez par là, Joe.

— C'était votre frère adoptif, n'est-ce pas ? Votre père l'avait adopté ?

— Oui, papa était médecin, vous savez...

— Et même un excellent praticien, m'a-t-on dit. Pardon, Lou. Continuez.

— Les Dean et lui étaient de vieux amis. Quand ils ont été emportés tous les deux par cette terrible épidémie de grippe, il a adopté Mike. Ma mère était morte — elle est morte quand j'étais encore tout bébé. Papa s'est dit que ça me ferait un camarade. La bonne pouvait aussi bien s'occuper de deux gosses que d'un seul.

— Oui, oui. Et quel effet ça vous a fait, Lou ? C'est-à-dire, vous étiez fils unique, seul héritier, et voilà que votre père amène un autre fils. Ça ne vous a pas contrarié, vous n'avez pas pris ça mal ?

Là, j'ai ri.

— Allons donc, Joe ! J'avais quatre ans à l'époque, et Mike six. A cet âge-là, on ne s'inquiète guère d'histoires de fric ; d'ailleurs papa n'avait pas de fortune. Il avait trop bon cœur pour écorcher ses malades.

— Donc, vous aimiez bien Mike ?

Il n'avait pas l'air autrement convaincu.

— Je ne l'aimais pas « bien » ; je l'aimais tout court. C'était le garçon le plus chic, le plus épatant que la terre ait porté. Je n'aurais pas pu aimer un vrai frère plus que lui.

— Même après ce qu'il a fait ?

— Et d'après vous, hein, qu'est-ce qu'il aurait donc fait ?

Rothman haussa les sourcils.

— J'aimais bien Mike, moi aussi, Lou. Mais les faits sont là, n'est-ce pas ? Toute la ville sait que s'il avait été un peu plus âgé, il n'aurait pas coupé à la chaise électrique, au lieu d'être envoyé en maison de correction !

— Personne ne *sait* rien. Il n'y a jamais eu de preuves.

— Le petite l'a reconnu.

— La gosse n'avait même pas trois ans ! Elle aurait reconnu n'importe qui !

— Et Mike a avoué. Sans compter qu'on a déterré d'autres affaires du même genre !

— Mike avait peur. Il ne savait pas ce qu'il disait.

Rothman secoua la tête.

— Passons. Ce n'est pas ça qui m'intéresse, Lou, mais vos sentiments à l'égard de Mike... Vous n'avez pas été un peu gêné quand il est revenu à Central City ? Vous ne croyez pas qu'il aurait mieux valu qu'il s'abstienne de reparaître ici ?

— Non. Papa et moi, nous savions que Mike n'était pas coupable. C'est-à-dire... (J'hésitai.) connaissant Mike, nous étions certains qu'il ne pouvait pas être coupable. *(Parce que c'était moi, en fait, le coupable. Mike s'était laissé accuser à ma place.)* Je voulais que Mike revienne. Papa aussi. *(Il voulait qu'il soit là pour me surveiller.)* Bon Dieu ! Joe, papa a usé de son influence pendant des mois pour faire obtenir à Mike son emploi d'inspecteur municipal à la construction. Ça n'a pas été facile, étant donné la réputation de Mike, malgré toute la popularité et les relations de papa !

— Tout ça, c'est logique, reconnut Rothman. C'est comme ça que je vois les choses. Mais il fallait que j'en aie la certitude. Vous n'avez pas été un peu... soulagé, quand Mike est mort ?

— Pour mon père, ce fut un coup terrible. C'est ce qui l'a tué. Il ne s'en est jamais remis. Quant à moi, tout ce que je peux vous dire, c'est que j'aurais préféré que ce soit moi, à la place de Mike.

Rothman sourit.

— Ça va, Lou. Maintenant, à mon tour... Mike a été tué, il y a six ans. Il circulait sur une poutrelle, au septième étage d'un immeuble en construction, sur un chantier de l'entreprise Conway, quand il a mis le pied, apparemment, sur un rivet qui traînait par là. Il s'est renversé en arrière de façon à tomber à l'intérieur de l'immeuble, sur le plancher provisoire. Mais les poutrelles métalliques n'avaient pas été garnies de la façon réglementaire. Il n'y avait que quelques planches volantes, par-ci, par-là. Mike a dégringolé de toute la hauteur de l'immeuble dans le sous-sol.

J'acquiesçai.

— Oui. Et alors, Joe ?

— Alors ? s'écria-t-il, les yeux fulgurants. Vous me demandez ça, alors que...

— En tant que secrétaire général du syndicat du bâtiment, vous savez que les ouvriers monteurs dépendaient de vous. C'était leur boulot, et le vôtre, Joe, de veiller à ce que chaque étage ait son plancher réglementaire, au fur et à mesure que la construction s'élevait.

— Voilà que vous parlez comme un avocat ! s'exclama Rothman en frappant sur son bureau. Les monteurs ont une certaine responsabilité, d'accord. Conway ne voulait pas poser les planchers de sécurité, et nous ne pouvions pas l'y obliger.

— Vous auriez dû déclencher une grève !

— Bon, bon, soupira Rothman avec un haussement d'épaules. J'ai sans doute commis une faute, Lou. J'avais cru comprendre que vous...

— Vous m'avez très bien compris. Inutile de chercher à nous bourrer le crâne mutuellement. Conway a fait des économies de bouts de chandelle. Vous l'avez laissé faire — pour gagner plus de fric. Je ne dis pas que vous êtes coupable, mais je ne l'accuse pas non plus. C'était un accident.

— Ma foi, dit Rothman d'une voix hésitante, il me semble que vous avez une drôle d'attitude, Lou. Il me semble que vous prenez la chose d'une façon bien impersonnelle. Mais puisque ce sont vos sentiments, je ferais peut-être mieux de...

— Je ferais peut-être mieux ! Laissez-moi parler, et ensuite vous n'aurez pas à avoir tant de remords. Il y avait un riveteur là-haut avec Mike, au moment où il a fait le plongeon. Ce riveteur avait fini sa journée normale et travaillait tout seul. Mais il faut deux hommes pour poser un rivet — un qui actionne le pistolet, l'autre qui tient le marteau. Vous allez me raconter qu'il n'avait rien à faire là-haut, mais moi je vous dis que vous pouvez vous tromper. Il n'était pas forcément en train de poser des rivets. Il avait pu monter chercher ses outils, ou quelque chose comme ça.

— Mais vous ne connaissez pas le fin fond de l'histoire, Lou ! Cet homme…

— Si ; je sais. Le gars était un trimardeur, qui travaillait avec un permis. Il était arrivé en ville sans un rond en poche. Trois jours après la mort de Mike, il est parti au volant d'une Chevrolet neuve qu'il avait payée comptant. Ça la fout mal, mais ça ne prouve rien. Il a pu gagner le fric au cours d'une partie de craps, ou bien…

— Mais, Lou, vous ne savez pas encore tout ! Conway…

— Voyons voir, si je ne sais pas tout ! La société Conway était en l'occurrence à la fois architecte et entrepreneur. Elle n'avait pas prévu assez de place pour les chaudières. Pour les installer, elle allait être forcée d'effectuer certaines modifications que Mike n'autoriserait jamais, on le savait bien, à la Conway ! C'était ça le hic ! Sinon, elle aurait eu à faire face à une perte sèche de plusieurs centaines de milliers de dollars.

— Je vous écoute, Lou.

— Alors Conway a assumé la perte. Ça lui a fait mal au ventre, mais il a fait ce qu'il fallait, pas vrai ?

Rothman laissa échapper un rire bref.

— Sans blague ? Moi-même, pourtant, j'ai travaillé comme riveteur sur ce boulot et… et…

— Et quoi ? (Je pris un air intrigué.) Il l'a fait, non ? Sans ça, même sans tenir compte de ce qui est arrivé à Mike, vos syndicats n'auraient pas fermé les yeux sur une situation dangereuse comme celle-là. Vous êtes responsable. On pourrait vous faire un procès. Vous accuser de complicité criminelle. Vous…

— Voyons, Lou… (Rothman s'éclaircit la gorge.) Vous avez mille fois raison, Lou. Naturellement, nous n'irions pas risquer de nous compromettre, quelle que soit la somme en cause.

— Evidemment ! dis-je avec un rire niais. Mais vous n'avez pas suffisamment réfléchi à la question, Joe. A ce moment-là, vous vous entendiez bien avec Conway ; mais maintenant, il s'est mis en tête de ne plus accepter les conditions syndicales ; et forcément vous en avez gros sur la patate. Si vous aviez soupçonné un crime, je suis bien sûr que vous n'auriez pas attendu six ans pour en parler, pas vrai ?

— Mais oui, certainement ; je veux dire non, naturellement, non ! Jamais de la vie… (Il se mit à rouler une cigarette.) Euh… Dites, Lou, comment avez-vous découvert tous ces détails ? Ça ne vous ennuie pas de me le dire ?

— Oh ! vous savez ce que c'est. Mike faisait partie de la famille, et, moi, je traîne un peu partout. Tout ce qu'on raconte, je l'entends, forcément.

— Hum… Je ne m'étais pas rendu compte qu'on en avait tant parlé. J'ignorais complètement que des bruits de ce genre avaient circulé. Et vous n'avez jamais eu envie de porter plainte ?

— Pour quoi faire ? Il ne s'agissait jamais que de ragots. Conway est un gros entrepreneur, le plus important sans doute du Texas occidental. Il n'irait pas se compromettre dans un assassinat pas plus que vous oseriez garder ça pour vous, si vous étiez au courant d'un crime. Pas vrai ?

Rothman me gratifia encore d'un coup d'œil perçant, puis il baissa les yeux sur son bureau.

— Lou, murmura-t-il, savez-vous combien de jours par an travaille un monteur de charpentes métalliques dans le bâtiment ? Savez-vous quelle est son « espérance de vie », comme disent les sociologues ? Avez-vous déjà vu un vieux monsieur, dans la construction métallique ? Avez-vous jamais pris le temps de songer que, s'il y a toutes sortes de façons de mourir, il n'y en a qu'une seule d'être mort ?

— Ma foi... Non, j'y ai jamais réfléchi. Je ne sais pas où vous voulez en venir, Joe.

— Passons. Ça n'a pas de rapport, au fond.

— J'imagine que ces gars-là n'ont pas la vie facile. Mais voici comment je vois la question, Joe : aucune loi les force à faire toujours le même métier. S'ils n'aiment pas ça, ils n'ont qu'à faire autre chose.

— Evidemment, il y a du vrai là-dedans. C'est marrant, hein, suffit qu'un type ne soit pas du bâtiment pour qu'il voie clair dans ces questions-là... S'ils n'aiment pas ça, ils n'ont qu'à faire autre chose. C'est bon, ça ; c'est même excellent.

— Oh ! vous savez, ce n'est pas grand-chose.

— Pas d'accord. C'est éblouissant. D'une pénétration extraordinaire ! Vous m'étonnez vraiment, Lou. J'avais l'habitude de vous rencontrer en ville, depuis des années, et franchement je ne vous avais jamais pris pour un grand penseur… N'auriez-vous pas aussi une solution pour nos plus graves problèmes, le problème des Noirs, par exemple ?

— Ma foi, c'est assez simple. Moi, je les renverrais tous en Afrique !

— Oui, oui, je vois… je vois, murmura-t-il, et il se leva, en me tendant la main. Je regrette de vous avoir dérangé pour rien, Lou, mais j'ai beaucoup apprécié notre petite conversation. J'espère que nous pourrons bavarder encore, un de ces jours.

— Avec grand plaisir.

— En attendant, naturellement, nous ne nous sommes pas vus. Compris ?

— Oui, bien sûr.

On échangea encore quelques mots, puis il me reconduisit à la porte donnant sur le couloir. Il y jeta un coup d'œil perçant et se tourna vers moi :

— Dites voir. Est-ce que je n'avais pas fermé cette sacrée porte ?

— Il me semblait bien…

— Oh ! y a pas de mal, j'imagine… Lou, est-ce que je peux me permettre de vous donner un petit conseil, dans votre propre intérêt ?

— Mais bien sûr, voyons. Allez-y, tant que vous voudrez.

— Toutes ces salades à la con, vous savez, ça ne prend pas ! Pas une miette !

Il hocha la tête, en rigolant. Il y eut alors une minute de silence. On aurait entendu une mouche voler. Mais il ne voulait plus rien dire. Jamais il n'avouerait rien. Alors, à la fin, j'ai souri, moi aussi.

— Je ne suis pas au courant des « pourquoi » et des « comment », Lou. Je ne sais rien de rien, compris ? Rien du tout. Mais surveillez-vous. C'est pas mal, votre petit numéro, mais méfiez-vous de ne pas trop en remettre, hein !

— Vous l'avez un peu cherché, Joe, dis-je.

— Et maintenant, vous savez pourquoi. Or, moi, je ne suis pas bien malin, sinon je ne serais pas un connard de syndicaliste !

— Bien sûr… Je vois ce que vous voulez dire.

Là-dessus, nouvelle poignée de main. Il m'adressa encore un clin d'œil en hochant la tête et je m'enfonçai dans l'obscurité du couloir pour gagner l'escalier…

IV

Après la mort de mon père, j'avais songé à vendre la maison. On m'avait fait plusieurs offres intéressantes, d'ailleurs, car elle se trouvait à la lisière du quartier commerçant du centre ; mais je ne sais pas trop pourquoi, je n'avais pas pu m'en séparer. Les impôts étaient assez élevés et la maison était dix fois trop grande pour moi, mais je n'arrivais pas à me décider à vendre. Un vague pressentiment me conseillait de la garder, d'attendre.

Je suivis l'allée conduisant à notre garage. J'y fis entrer la voiture et coupai les phares. Le garage avait été une grange autrefois et il n'avait guère changé depuis ce temps-là. Installé au volant, moteur éteint, je m'attardai à respirer les vieilles odeurs de foin poussiéreux, d'orge et de paille, tout en rêvassant au temps passé.

Mike et moi, nous avions logé nos poneys dans ces deux stalles de devant, et le débarras du fond avait été notre caverne de brigands. Nous avions accroché des balançoires et des trapèzes à ces mêmes poutres, et nous avions transformé l'abreuvoir des chevaux en piscine. Et là-haut, dans le grenier à fourrage où, en ce moment même, les rats galopaient dans une débandade générale, Mike m'avait surpris avec la petite fi…

Sur ces entrefaites, un rat poussa un cri perçant.

Je sortis brusquement de la voiture et, par la grande porte à glissière de l'ancienne grange, je me précipitai dans la cour. Je me demandais si c'était pour ça que je m'étais attardé là : pour me punir…

Je rentrai chez moi par la cuisine et traversai toute la maison, en allumant partout, du moins au rez-de-chaussée. Puis je retournai à la cuisine pour faire du café ; après avoir porté la cafetière dans l'ancien bureau de mon père, je m'enfonçai dans son vieux fauteuil de cuir avachi, pour siroter mon café, tout en fumant. Peu à peu, je parvins à me détendre et mon malaise se dissipa.

Papa avait voulu que je devienne médecin, mais il avait peur de m'envoyer en pension ; alors, il avait fait ce qu'il pouvait pour moi, tout en me gardant à la maison. Ça l'irritait, je me souviens, sachant tout ce qu'il m'avait fourré dans la tête, de m'entendre parler et de me voir me comporter comme tous les autres péquenots du bled. Mais avec le temps, quand il a découvert à quel point j'étais gravement touché par la « maladie », il m'a plutôt encouragé à les imiter. C'était ça que j'allais devenir ; il me faudrait vivre et sympathiser avec les ploucs. Je n'aurais jamais qu'un emploi pénard et sans danger. Si papa avait pu me trouver autre chose qui me permette de gagner ma vie, je n'aurais même pas été shérif adjoint.

Voilà ce que j'étais, impossible de me transformer. Même si je n'avais couru aucun risque à modifier mon personnage, je ne crois pas que j'y serais arrivé.

J'avais fait semblant pendant si longtemps que c'était devenu tout naturel.

— Lou...

Je sursautai et je me retournai brusquement.

— Lucille ! Qu'est-ce que... ? Bon Dieu ! qu'est-ce que tu fais là ? Où...

— Là-haut, je t'attendais. Allons, ne te fâche pas, Lou. Je suis sortie en douce quand mes parents ont été endormis, et tu les connais.

— Mais quelqu'un aurait pu...

— Personne ne m'a vue. Je suis passée par la ruelle. Tu n'es pas content ?

Je ne l'étais pas du tout, et pourtant j'aurais dû l'être sans doute. Lucille n'avait pas un de ces châssis à la Joyce, mais elle était tout de même bien mieux que ce qu'on trouvait généralement à Central City. A part les moments où elle avançait le menton et plissait les yeux, d'un air de vous dire : « Chiche que tu n'oseras pas me contrarier ! » je la trouvais bougrement jolie.

— Mais si, voyons. Je pense bien, que je suis content ! On va remonter, hein ?

Je la suivis dans l'escalier et dans ma chambre. Elle envoya d'un coup de pied dinguer ses chaussures, jeta son manteau sur un fauteuil avec ses autres vêtements et se laissa tomber à la renverse sur le lit.

— Eh bien ! s'écria-t-elle au bout d'un moment, en avançant déjà le menton. Tu parles d'un emballement !

— Ah ! oh ! pardon ! marmonnai-je ; excuse-moi, Lucille. Je pensais à autre chose.

— A autre chose ! lança-t-elle d'une voix frémissante. Je me déshabille pour lui ; oubliant toute pudeur, je balance tous mes vêtements ; et monsieur reste planté là, à penser à autre chose !

— Voyons, mon chou, je ne dis pas ça. C'est simplement que je ne t'attendais pas et…

— Non, bien sûr. Pourquoi m'attendre, après tout, hein ? Puisque tu ne cherches qu'à m'éviter et à trouver des prétextes pour ne pas me voir ! Si j'avais pour deux ronds d'amour-propre, je… je…

Elle enfonça la tête dans l'oreiller et se mit à sangloter, en me gratifiant d'un point de vue sensass sur ce qui était, après celui de Joyce, le plus joli pétoulet de tout le Texas.

Elle jouait la comédie, j'en étais sûr. Joyce m'avait ouvert les yeux sur un tas de trucs de bonnes femmes. Mais je n'osais pas lui donner la fessée qu'elle méritait. Alors je me déshabillai à mon tour et me fourrai au lit avec elle. Je la retournai comme une crêpe pour lui voir la figure.

— Allons, là, là, arrête, chérie. Tu sais très bien que j'ai été occupé comme une fourmi rouge à un pique-nique !

— Non, je ne sais pas. C'est pas vrai ! Tu n'as pas envie de me voir, c'est tout ce que je sais !

— Tu es folle ! Pourquoi veux-tu que je n'aie plus envie de toi ?

— Parce que… Oh ! Lou, mon chéri, tu ne peux pas savoir ce que j'ai été malheureuse…

— Voyons, voyons, Lucille ; c'est complètement idiot, ça !

Elle continua de gémir, en répétant qu'elle était la plus malheureuse des filles, et moi je continuai de la tenir dans mes bras en l'écoutant — il faut savoir écouter, quand on est avec Lucille — et en me demandant comment toute cette histoire avait commencé.

A dire vrai, il n'y avait pas eu vraiment de commencement. Nous nous étions simplement laissé entraîner ensemble, comme des fétus de paille dans une mare. Nos familles avaient vécu côte à côte et nous avions passé notre enfance et notre jeunesse ensemble, dans le même pâté de maisons. Nous allions à l'école et nous en revenions de conserve, et quand nous étions invités à des soirées, on nous collait toujours ensemble. Nous n'avions pas eu à lever le petit doigt. Ça s'était fait tout seul.

Je suppose que la moitié de la ville, y compris les parents de Lucille, se doutait bien qu'on couchotait tous les deux. Mais personne ne disait rien, on n'y faisait même pas attention. Après tout, nous devions nous marier, même si nous avions l'air de traînasser un tantinet.

— Lou !

Elle me donna un coup de coude.

— Lou, réponds, quand je te parle !

— Hein ? Quoi ?

— Je te dis que nous avons attendu assez longtemps, Lou. Moi, je peux continuer à faire la classe. Nous serions moins à plaindre que la plupart des jeunes ménages.

— Mais... Mais ce serait tout, Lucille. On n'arriverait jamais à rien !

— Quoi ? Qu'est-ce que tu veux dire ?

— Ma foi, je n'ai pas envie d'être shérif adjoint toute ma vie. Je voudrais devenir, je ne sais pas moi... quelqu'un...

— Quoi, par exemple ?

— J'en sais rien. Ça ne sert à rien d'en parler.

— Docteur, peut-être ? Je trouve que ce serait épatant, Lou… C'est à ça que tu pensais, toi ?

— Je sais que c'est de la folie, Lucille, mais…

Elle éclata de rire. Elle avait la tête qui ballottait de droite à gauche sur l'oreiller tellement elle s'esclaffait.

— Oh ! Lou ! Ça, alors, ça me dépasse ! Tu as vingt-neuf ans, tu… tu ne sais même pas t'exprimer correctement, et… et tu voudrais… Ho, ho, ha, ha, ha !…

Le fou rire la faisait hoqueter. Elle finit quand même par se calmer, et s'écarta de moi. Allongée sur le dos, elle pinçait la courtepointe distraitement, du bout des doigts. Je me levai pour aller prendre un cigare et me rassis sur le lit.

— Tu n'as pas envie de m'épouser, n'est-ce pas, Lou ?

— J'estime que nous aurions tort de nous marier maintenant.

— Tu ne veux pas qu'on se marie du tout.

— Je n'ai pas dit ça.

Elle me regarda, puis elle baissa les yeux.

— J'ai bien peur que tu sois obligé de m'épouser, Lou. Nous allons être obligés de nous marier. Tu comprends ?

— Non. Rien ne peut m'y forcer. Tu n'es pas enceinte, Lucille. Tu n'as jamais couché avec un autre, et ce n'est pas moi qui ai pu t'engrosser !

— Traite-moi de menteuse, pendant que tu y es !

— Ma foi… En tout cas, pas question de faire un gosse. Je ne le pourrais pas, même si je voulais. Je suis stérile !

— *Toi ?*

— Stérile ne veut pas dire impuissant. On m'a fait une vasectomie.

— Mais alors, pourquoi faut-il faire toujours si... ? Pourquoi te sers-tu de... ?

Je haussai les épaules.

— Pour éviter d'avoir à te donner des tas d'explications. En tout cas, pour revenir à notre sujet, tu n'es pas enceinte.

Elle plissa le front et me regarda, pas du tout gênée semblait-il, d'avoir été prise en flagrant délit de mensonge.

— Mais je ne comprends pas. C'est ton père qui a fait ça ? Mais pourquoi, mon Dieu ?

— Oh ! j'étais pas mal déprimé, nerveux, tu sais ; alors il a pensé...

— Mais jamais de la vie ! Jamais tu n'as été comme ça !

— Il le croyait, en tout cas.

— Il le croyait ! Il a fait cette chose terrible ! Il t'a rendu incapable d'avoir des enfants, simplement parce qu'il croyait je ne sais quelle sottise ! Mais c'est épouvantable ! Ça me donne envie de vomir, tiens ! C'était quand, Lou ?

— Qu'est-ce que ça peut faire ? Je ne me souviens plus, au juste. Il y a bien longtemps.

Je lui souris et fis courir mes doigts sur la surface légèrement convexe de son ventre. Je lui étreignis un sein, puis ma main remonta et alla se poser sur sa gorge.

— Je crois, murmura-t-elle lentement, que je ferais mieux de rentrer, maintenant.

— Je le crois aussi. Il ne va pas tarder à faire jour.

— Je te vois, demain ? Aujourd'hui, je veux dire.

— Ma foi, le samedi, c'est un jour assez chargé,

pour moi. Je crois que nous pourrions aller à l'église ensemble dimanche, ou bien nous dînerions tous les deux et…

— Mais tu travailles, le dimanche soir.

— Je ne serai pas retenu trop tard, dimanche. Jusqu'à onze heures, par là. Tu n'as qu'à venir ici et m'attendre, comme ce soir, hein ? Tu ne peux pas t'imaginer comme je serai content de te voir, je te jure !

Sans un mot, elle se leva et entreprit de se rhabiller.

— Je suis navré, tu sais, murmurai-je.

— C'est bon, Lou, dit-elle d'une voix cassante. Ça suffit pour aujourd'hui. Mais dimanche, nous aurons une longue conversation. Tu vas m'expliquer un peu ta conduite de ces derniers mois. Et pas question de mentir ou d'éluder les questions. C'est compris ?

— Oui, madame, Miss Stanton. Oui, madame.

— Très bien. Alors, c'est réglé. Et maintenant, tu ferais bien de t'habiller ou de te remettre au lit, si tu ne veux pas attraper un rhume !

V

J'eus effectivement une journée pas mal mouvementée. La ville était pleine des habituels poivrots des jours de paye comme chaque quinzaine puisqu'on se trouvait au milieu du mois. Et, par chez nous, les pochards provoquent toujours des bagarres. Aussi avions-nous fort à faire, le shérif Maples, ses adjoints et les deux agents, pour maintenir l'ordre.

Moi, d'ailleurs, je n'ai jamais d'ennuis avec les ivrognes. Mon père m'a appris qu'ils étaient susceptibles comme des poux et deux fois plus peureux. Si on ne les bouscule pas ou si on ne les effraie pas, c'est les gens les plus paisibles du monde. On ne devrait jamais engueuler un poivrot, disait-il, parce que le gars s'est déjà engueulé lui-même jusqu'à la gauche. De même, on ne devrait jamais braquer un pistolet sur un ivrogne, ni lui flanquer une beigne, car il risquerait de croire sa vie en danger et de se comporter en conséquence.

Je me contentais donc de me balader gentiment dans les rues et de ramener les types chez eux, au lieu de les fourrer au violon, chaque fois que je le pouvais ; ils n'en souffraient pas, et moi non plus. Mais il fallait le temps. Depuis le moment où je prenais mon service à midi, jusqu'à onze heures du soir, je n'avais même pas pu faire la moindre pause pour prendre un café.

Vers minuit, je rentrai chez moi. Je me fis une bonne poêlée d'œufs au jambon et de frites et portai le tout dans le bureau de papa. Je mangeai attablé à son bureau et plus en paix avec moi-même que je ne l'avais été depuis longtemps.

J'avais pris une résolution. Quoi qu'il advienne, je n'épouserais pas Lucille Stanton. J'avais fait traîner les choses pour ne pas lui faire de peine. J'estimais que je n'avais pas le droit de l'épouser. Mais maintenant, j'étais décidé. Si je devais me marier un jour, ce ne serait jamais, en tout cas, avec une petite bonne femme autoritaire à la langue acérée comme un fil de fer barbelé et à l'esprit tout aussi étroit.

Je rapportai ma vaisselle à la cuisine et, après l'avoir lavée, je pris un bon bain chaud. Je me mis au lit aussitôt et dormis comme une souche jusqu'à dix heures du matin.

J'étais en train de déguster mon petit déjeuner quand j'entendis le gravier crisser dans l'allée et en regardant par la fenêtre, je vis la Cadillac de Chester Conway.

Il entra sans frapper — les gens avaient pris cette habitude du temps de papa — et il vint me trouver par-derrière, à la cuisine.

— Restez assis, mon garçon, restez assis, me dit-il bien que je n'aie pas fait mine de me lever. Continuez de déjeuner.

— Merci.

Il s'assit et se tordit le cou pour voir ce que je mangeais.

— Il est frais, ce café ? Je crois que j'en boirais

bien une tasse. Oui, allez, ouste ! Servez-m'en une tasse, hein ?

— Oui, monsieur, dis-je de ma voix la plus traînante. Tout de suite, monsieur ; à vos ordres, monsieur Conway.

Il n'en fut nullement interloqué. C'était le genre de réponse à laquelle il estimait avoir droit. Il lampa bruyamment une gorgée de café, puis une autre. A la troisième, la tasse était vide.

Je n'avais jamais eu de mal à croire qu'il avait organisé l'assassinat de Mike. Puisqu'il en avait été l'instigateur, il trouvait automatiquement que ce crime était parfaitement justifié.

— Alors ? dit-il en laissant tomber de la cendre sur la nappe. Tout est prêt pour ce soir, hein ? Pas de risque de pépin ? Vous allez me goupiller ça de façon que ça soit réglé définitivement, compris ?

— Je ne goupillerai rien du tout, dis-je. J'ai déjà fait ce que je pouvais, dans la mesure de mes moyens.

— Ne croyez pas surtout qu'on ferait mieux de laisser tomber, Lou. Si vous vous souvenez, je vous ai déjà dit que je n'admettrai pas ça, pas vrai ? Je n'ai pas changé d'avis, vous savez. Si ce bougre d'âne d'Elmer la revoit, impossible de dire ce qui va se passer. Vous allez porter l'argent vous-même, mon garçon. Tout est prêt, dix mille dollars en petites coupures, et…

— Non, lui dis-je.

— … vous la payez. Ensuite, vous la tabassez un petit peu, et vous l'expulsez du comté.

— Monsieur Conway…

— Parfaitement. C'est comme ça qu'il faut faire, reprit-il en rigolant, ce qui fit trembloter ses grosses bajoues. Vous la payez, vous la tabassez, vous la chassez… Vous vouliez dire quelque chose ?

Je recommençai, lentement, posément, en détachant bien mes mots. Miss Lakeland tenait à revoir Elmer une dernière fois avant de partir. Elle insistait pour que ce soit lui qui apporte le fric, et elle ne voulait pas de témoins. Telles étaient ses conditions ; et si Conway voulait qu'elle s'en aille sans histoires, il faudrait qu'il les accepte. Nous pourrions l'arrêter, naturellement, mais dans ce cas elle parlerait, fatalement, et ce qu'elle raconterait ne serait pas très ragoûtant.

Conway hocha la tête d'un air irrité.

— J'ai bien compris tout ça. Pas question d'un scandale. Mais je ne vois pas…

— Je vais vous dire ce que vous ne voyez pas, monsieur Conway. Vous ne voyez pas que vous avez vraiment un sacré culot !

— Hein ? (Il resta bouche bée un instant.) Quoi… quoi ?

— Je m'excuse. Mais réfléchissez une minute. Quel effet ça ferait si on savait qu'un représentant de l'ordre a remis l'argent d'un chantage — et encore, à condition qu'elle veuille bien accepter la somme de ma part. Quel effet vous croyez que ça me fait, d'être mêlé à une sale histoire de ce genre-là ? C'est Elmer qui s'est fourré dans ce pétrin ; il s'est alors adressé à moi…

— La seule chose raisonnable qu'il ait jamais faite.

— Et moi je suis ensuite allé vous trouver. Et vous m'avez demandé de voir comment on pourrait la faire quitter la ville sans esclandre. Je me suis exécuté. Mais ce sera tout. Je ne vois pas comment vous pouvez exiger autre chose de moi.

— Ma foi... euh... Non, peut-être pas, mon garçon. Vous avez raison, probable. Mais vous veillerez bien à ce qu'elle parte dès qu'elle aura touché l'argent.

— Ça, je veux bien. Si elle n'est pas partie dans l'heure qui suivra, c'est moi-même qui l'évacuerai !

Il se leva et se mit à aller et venir nerveusement. Je le raccompagnai à la porte pour me débarrasser de lui plus vite. Je n'aurais pas pu le supporter plus longtemps. Même si je n'avais pas su ce qu'il avait fait à Mike, c'était déjà assez moche comme ça.

Je gardai les mains dans mes poches et fis semblant de ne pas le voir quand il voulut me serrer la main. Il passa sur le perron, et puis il s'arrêta, indécis.

— Vaudrait mieux que vous restiez chez vous, me dit-il. Je vous enverrai Elmer dès que j'aurai mis la main dessus. Je veux que vous lui passiez un savon. Il faut qu'il comprenne bien. Mettez-lui les points sur les *i*, hein ? Compris ?

— Oui, monsieur. C'est rudement chic de votre part, de me permettre de lui parler !

— Mais non, mais non, de rien, voyons !

Il partit et la porte garnie de toile métallique claqua derrière lui.

*

Deux heures plus tard, Elmer rappliqua.

Il était grand et tout avachi comme son père ; il s'efforçait d'être aussi autoritaire que lui, mais il n'avait pas assez de culot. Des gars de Central City lui avaient flanqué deux ou trois bonnes ratatouilles et ça lui avait fait un bien fou. Sa figure bouffie luisait de sueur ; il puait l'alcool à vingt pas.

— Il me semble que vous commencez un peu tôt à lever le coude, ce matin, lui dis-je.

— Et après ?

— Après, rien. J'essaie de vous rendre service. Si vous voulez tout foutre en l'air, ça vous regarde.

Il grogna et croisa les jambes.

— Je sais pas, Lou, soupira-t-il. Sais pas trop. Et si mon paternel reste en boule jusqu'à la gauche ? Qu'est-ce qu'on fera, Joyce et moi, quand on aura croqué les dix mille dollars ?

— Voyons, Elmer. Il me semble qu'il y a un petit malentendu. J'ai cru comprendre que vous étiez sûr que votre père finirait par se calmer, avec le temps. Si ce n'est pas le cas, je devrais peut-être prévenir Miss Lakeland et...

— Non, Lou ! Ne faites pas ça !... Merde alors ! Ça lui passera. Ça lui passe toujours. Mais...

— Un bon conseil, tenez. Ne bouffez pas les dix mille dollars. Achetez-vous un petit commerce ; Joyce et vous, vous tiendrez la boutique à vous deux. Quand ça marchera bien, vous reprendrez contact avec votre papa. Il verra que vous vous êtes rudement bien débrouillé et vous n'aurez aucun mal à arranger les choses.

Elmer se dérida un tantinet. Oh ! bien peu ! Pour Elmer, le travail n'était pas la solution idéale.

— Je ne veux pas vous forcer, dis-je, mais je crois qu'on s'est bougrement trompé sur le compte de Miss Lakeland. Elle m'a convaincu ; et pourtant, je ne suis pas facile à convaincre. Je me suis drôlement mouillé pour vous donner à tous les deux une chance de prendre un bon départ, mais si vous ne voulez pas…

— Pourquoi avez-vous fait ça, Lou ? Pourquoi vous être donné tout ce mal pour moi et pour elle ?

— Pour me faire de l'argent, peut-être, dis-je en souriant. Je ne gagne pas grand-chose. Je me suis peut-être dit que ça me rapporterait quelque chose, question fric.

Sa face rougeaude vira au violet.

— Voyons, ma foi, je pourrais vous donner un petit quelque chose, sur les dix mille dollars, je suppose.

— Oh ! mais je ne voudrais pas vous en priver ! *(Et comment, que je ne voudrais pas !)* Je me disais qu'un homme comme vous devait avoir un peu d'argent à soi. Comment faites-vous pour payer vos cigarettes, et l'essence et le whisky ? C'est votre papa qui les allonge pour vous !

— Des clous, oui ! s'exclama-t-il en sortant une liasse de sa poche. Je touche des tas d'argent.

Il se mit à sortir quelques billets, des coupures de vingt dollars, semblait-il ; il surprit alors mon regard. Je le gratifiai d'un sourire en coin, qui lui disait, comme le jour, que je m'attendais à le voir se conduire en pingre.

— Ah ! Et puis merde ! grommela-t-il en jetant la liasse entière sur la table. Allez, à ce soir !

— Dix heures.

Il se leva et sortit.

Il y avait vingt-cinq billets de vingt dollars dans la liasse. Cinq cents dollars. Maintenant que je les avais, ils étaient les bienvenus. On a toujours besoin d'un peu d'argent en supplément. Mais je n'avais jamais envisagé de taper Elmer. Je ne lui avais raconté ça que pour dissimuler les mobiles qui me poussaient à l'aider.

Je n'avais guère envie de me faire à manger; j'allai donc déjeuner en ville. En rentrant, j'écoutai un moment la radio et, après avoir lu le journal du dimanche, je m'endormis.

Oui, j'acceptais peut-être tout ça un peu trop flegmatiquement, mais j'avais tellement repassé l'affaire dans ma tête que je m'y étais habitué. *Joyce et Elmer allaient mourir. Joyce l'avait bien cherché. Les Conway aussi, l'avaient cherché. Je n'étais pas plus vache que la fille qui m'aurait fait passer l'arme à gauche si ça l'avait arrangée. Je n'étais pas plus vache non plus que le type qui avait fait plonger Mike du haut d'un immeuble de sept étages.*

Ce n'était pas Elmer qui avait fait le coup, naturellement. Si ça se trouve, il n'était même au courant de rien. Mais il fallait bien que je m'attaque à lui pour punir le vieux Conway. C'était le seul moyen que j'avais. D'ailleurs, c'était celui qui s'imposait. J'allais lui faire exactement ce qu'il avait fait à papa.

... Il était huit heures du soir quand je me réveillai. Il faisait une de ces nuits sans lune que j'attendais depuis longtemps. J'avalai une tasse de café, sortis la voiture de l'allée et mis le cap sur Derrick Road.

VI

Ici, au pays du pétrole, on trouve pas mal de maisons semblables à celle des Branch. Dans le temps, c'étaient des ranches ou des fermes ; mais des puits de pétrole ont été forés autour, parfois même jusque sur le seuil, et tout le voisinage s'est transformé en un cloaque de pétrole, d'eau sulfureuse et de boue rougeâtre cuite et recuite par le soleil. L'herbe est morte. Les sources et les ruisseaux ont disparu, mais les maisons sont restées, noires et abandonnées au milieu d'un fouillis de sauges, de tournesols et de sorgho.

La maison Branch se dressait à une centaine de mètres de Derrick Road, au bout d'une allée tellement envahie par les herbes folles que je faillis bien la manquer. J'y engageai la voiture, coupai le contact au bout de quelques mètres, et descendis.

Au début, je ne pus rien voir, tant la nuit était noire. Mais, petit à petit, mes yeux s'accoutumèrent à l'obscurité et j'y voyais bien assez. J'ouvris le coffre arrière et y pris à tâtons le cric et le démonte-pneu. Puis je pêchai dans ma poche un gros clou rouillé et l'enfonçai dans le pneu arrière droit. Il y eut un éclatement sourd, puis un long sifflement.

Les ressorts grincèrent, couinèrent et la voiture s'affaissa rapidement.

Je glissai le cric en place et soulevai la bagnole d'une trentaine de centimètres ; puis je secouai la voiture pour dégager le cric et laissai tout en plan, au milieu du chemin.

Il me fallut cinq minutes de marche pour gagner la maison et arracher une planche à la véranda. Je la posai debout contre un montant du portail, pour pouvoir la retrouver en vitesse, et je partis à travers champs rejoindre Joyce dans sa petite maison.

— Lou ! (En me voyant, elle avait eu un geste de surprise.) Je ne pouvais pas me douter que tu... Où est ta voiture ? Quelque chose ne va pas ?

— Tout va bien, à part un pneu crevé, répondis-je en souriant. Il m'a fallu laisser la bagnole sur la route, pas bien loin.

J'entrai nonchalamment dans le salon. Elle vint se placer devant moi et m'empoigna à pleins bras, en se collant le visage contre ma poitrine. Son peignoir s'entrouvrait comme par hasard, mais un hasard tout à fait voulu, j'imagine. Elle se frottait contre moi.

— Chéri...

— Et alors ?

— Il n'est que neuf heures ; l'autre imbécile ne sera pas là avant une heure au moins ; et moi, je vais rester quinze jours sans te voir. Et... enfin, tu sais bien...

Oui, je savais bien. Je n'ignorais pas non plus l'effet que ce truc-là ferait à l'autopsie.

— Ma foi, bébé, je ne sais pas... Je me sens plutôt crevé. Et toi qui t'es faite toute belle...

— Mais moi, je ne suis pas du tout crevée ! Et je me fais toujours belle pour te l'entendre dire. Allez, viens ! Dépêche-toi, pour que j'aie le temps de prendre mon bain.

Un bain. Oui, comme ça, ça irait.

— Tu l'auras voulu, bébé...

Je la soulevai dans mes bras et la portai dans la chambre. Et si vous voulez tout savoir, non, ça ne me gêna pas le moins du monde, après tout ; car au beau milieu de notre petit numéro, alors qu'on en était encore aux soupirs et aux tendresses, elle m'a brusquement repoussé, pour me regarder dans les yeux.

— C'est bien vrai, Lou, que tu viendras me retrouver dans quinze jours ? Dès que tu auras vendu ta maison et mis toutes tes affaires en ordre ?

— C'est ce qui est convenu.

— Ne me fais pas attendre, surtout ! Je veux être gentille avec toi, mais si toi tu ne l'es pas, ce sera une autre histoire. Je reviendrais ici faire du scandale. Je te suivrai partout et je raconterai à tout le monde comment tu m'as...

— Comment je t'ai volé ta fleur d'oranger pour te laisser tomber ensuite !

— T'es bête, pouffa-t-elle. Mais quand même, Lou...

— Je sais. Je ne te ferai pas attendre, bébé.

Je restai allongé sur le lit pendant qu'elle prenait son bain. Elle reparut en se frottant avec une grande serviette, et prit dans une valise un slip et un soutien-gorge. Tout en fredonnant, elle passa le slip, puis elle m'apporta le soutien-gorge. Je l'aidai à le mettre, en la chatouillant et la pinçant un tantinet, ce qui lui donna l'occasion de glousser et dc se tortiller comme une folle. « Je vais m'ennuyer de toi, bébé, me disais-je. Faut que tu disparaisses, mais tu vas bougrement me manquer ! »

— Lou... Tu crois qu'Elmer va me causer des ennuis ?

— Je te l'ai déjà dit. Qu'est-ce que tu veux qu'il fasse ? Il ne peut aller se plaindre à son papa. Je lui dirai que j'ai changé d'avis, et que nous devons obéir aux volontés de son père, tenir parole, quoi ! Et ce sera réglé.

Elle fronça les sourcils.

— Ça me paraît si... si compliqué ! C'est-à-dire... j'ai l'impression que nous aurions pu soutirer le fric au vieux sans avoir à mêler Elmer à ça...

— Ma foi...

Je lorgnai du côté de la pendule. Neuf heures trente-trois. Je n'avais plus besoin de chercher à lanterner davantage. Je m'assis sur le lit à côté d'elle et posai les pieds à terre ; d'un air dégagé je me mis à enfiler mes gants.

— Je vais te dire, bébé, lui dis-je. Oui, c'est assez compliqué, mais ça ne peut pas se passer autrement. Tu as probablement entendu les bruits qui couraient au sujet de Mike Dean, mon frère adoptif ? Eh bien, Mike n'était pas coupable. Il s'est laissé accuser à ma place. Alors si tu allais te mettre à raconter des histoires en ville, ce serait encore bien pire que ce que tu t'imagines. Les gens se mettraient à gamberger, et avant que tout soit fini...

— Mais, Lou, je ne vais rien raconter ! Tu vas venir me retrouver et...

— Laisse-moi finir, ça vaudra mieux. Je t'ai raconté comment Mike est tombé du haut d'un immeuble en construction. Seulement, il n'est pas tombé accidentellement ; il a été assassiné. C'est le père Conway qui avait goupillé ça et...

Elle ne pigeait pas du tout.

— Lou... Je ne veux pas que tu fasses du mal à Elmer, je ne veux pas ! Non, mon chéri. Ils t'arrêteraient, ils te mettraient en prison et... Oh ! mon chéri, non ! N'y pense même pas une seconde !

— Ils ne m'arrêteront pas. Ils ne me soupçonneront même pas. Ils se figureront qu'il était à moitié bourré, comme il l'est généralement ; vous vous êtes bagarrés et vous vous êtes tués mutuellement...

Elle ne saisissait toujours pas. D'un air malgré tout un peu perplexe, elle se mit à rire.

— Mais, Lou... ça ne tient pas debout ! Comment pourrais-je être morte alors que... ?

— Facile, dis-je en lui balançant une beigne.

Elle ne comprenait pas encore.

Elle porta la main à sa joue et se frotta lentement, en bégayant :

— Tu... tu... ne devrais pas, Lou ; pas maintenant ; je vais avoir à voyager, et...

— Tu ne vas pas voyager, bébé, fis-je et je la giflai encore.

Cette fois elle avait pigé.

Elle se dressa d'un bond et je fis de même. Je l'attrapai par le bras et lui balançai un aller et retour bien senti. Elle s'en alla valdinguer à reculons dans la chambre et s'écroula contre le mur. Elle parvint tant bien que mal à se relever, tout en marmonnant je ne sais quoi, puis, la tête la première, s'affala vers moi ; j'en profitai pour lui expédier mon poing en pleine poire.

Je la collai le dos au mur, tout en lui martelant le crâne ; j'avais l'impression de donner des coups de poing dans une citrouille. Une citrouille bien dure. Puis, soudain, tout s'est démantibulé à la fois. Elle s'est effondrée ; ses genoux se sont dérobés sous elle, sa tête s'est mise à pendre mollement. Et alors, très lentement, centimètre par centimètre, elle a réussi à se redresser encore une fois.

Elle n'y voyait plus rien ; je ne sais pas comment elle y arriva. Je me demandai comment elle pouvait se tenir debout et continuer à respirer. Mais elle parvint à redresser la tête, en titubant ; elle leva alors les bras et les tendit dans ma direction. Elle avançait vers moi en chancelant quand une voiture pénétra dans la cour.

— Ad... adieu... brasse-moi...

Je pris mon élan, très bas, et lui expédiai un uppercut sous le menton. J'entendis un craquement sec ; tout son corps se trouva projeté en l'air puis retomba comme un tas de chiffes sur le plancher.

J'essuyai mes gants sur elle ; après tout, c'était son sang à elle ; ça lui revenait de droit ! Je pris ensuite le revolver dans le tiroir de la coiffeuse, éteignis les lumières et allai ouvrir.

Elmer gravissait les marches du perron et traversait la véranda.

— Salut, Lou ! Salut, mon petit ! me dit-il. A l'heure pile, hein ? Elmer Conway, toujours à l'heure, qu'il est !

— Elmer Conway, toujours bourré, c'est bien toi ! grommelai-je. Et l'argent, tu l'as ?

Il tapota l'épaisse enveloppe jaune qu'il portait sous le bras.

— Qu'est-ce que vous croyez, hein ? Où est Joyce ?

— Dans la chambre. Vas-y donc ! Je parie qu'elle ne dira pas non si tu essaies de la dérouiller !

— Allez, ah ! mon vieux, c'est pas des façons, ça, Lou ! Vous savez bien qu'on est fiancés.

— A ton aise, grommelai-je en haussant les épaules. Mais il y a gros à parier qu'elle est étendue de tout son long à t'attendre !

J'avais envie de rire. J'avais envie de hurler. J'avais envie de lui sauter dessus et de le mettre en pièces.

— Bon. Eh bien, peut-être que…

Il fit un brusque demi-tour et s'engagea en titubant dans le vestibule. Je m'adossai à la cloison et attendis qu'il soit entré dans la chambre et ait allumé. Je l'entendis marmonner :

— Salut, Joyce ! Salut, ma petite… Sa… Sa…

Il y eut alors un coup sourd, suivi d'une sorte de gargouillis étouffé ; puis un hurlement :

— Joyce ! Joyce… *Lou !*

J'allai le rejoindre, sans me presser. Il était à genoux par terre ; il avait du sang sur les mains et une grande traînée sur le menton ; il avait dû se passer la main sur la figure. Il leva les yeux vers moi, bouche bée.

J'éclatai de rire — il le fallait, sinon j'aurais été obligé de faire pire ! Quant à lui, il se mit à fermer les yeux de toutes ses forces et à gueuler comme un veau. Je m'abandonnai à un rire inextinguible ; plié en deux, je me flanquais de grandes tapes sur les cuisses ; impossible de m'arrêter. Je me tordais en m'esclaffant et en pétant comme un âne. Il en fut ainsi jusqu'au moment où j'eus épuisé tout ce qu'il pouvait y avoir de rire en moi ou en quiconque. J'avais même épuisé tout le rire du monde.

Il se releva péniblement, en se barbouillant encore la figure avec ses grosses mains molles tout ensanglantées. Il me regarda d'un air ahuri :

— Qui est-ce qu'a fait ça, Lou ?

— C'est un suicide. Le suicide ne fait pas de doute.

— Mais... mais... voyons, ça ne tient pas debout, ça...

— C'est la seule chose qui tienne debout ! C'est comme ça que ça s'est passé, t'entends ? Un suicide, t'as compris, pauvre pomme ? Suicide, suicide, suicide ! Tu ne vas tout de même pas raconter que je l'ai tuée ! ELLE S'EST TUÉE !

C'est à ce moment-là que j'ai tiré, en plein dans la bouche de cet imbécile. Je lui vidai même tout le chargeur dans la gargoulette.

Puis je me baissai et, après avoir replié de force les doigts de Joyce autour de la crosse du revolver, je laissai tomber l'arme à côté d'elle. Je m'empressai alors de quitter la maison et je repartis à travers champs ; sans me retourner une seule fois.

Je récupérai la planche et la portai à la voiture. C'était mon alibi, au cas où quelqu'un aurait vu ma bagnole. J'avais été obligé d'aller chercher une planche pour caler le cric.

Je posai donc le cric sur la planche, et changeai de roue en vitesse. Puis je fourrai les outils dans le coffre, mis le moteur en marche et revins en marche arrière dans la direction de Derrick Road. Normalement, il ne me viendrait pas plus à l'idée de faire marche arrière sur une route, la nuit, tous feux éteints, que de me balader sans pantalon ! Mais je ne me trouvais pas, ce soir-là, dans une situation bien normale : j'avais tout simplement oublié d'allumer mes phares.

Si la Cadillac de Chester Conway avait roulé plus vite, je ne serais pas aujourd'hui en train d'écrire ces lignes.

Le père Conway sauta de sa voiture en poussant des jurons ; il me reconnut et se mit à sacrer de plus belle.

— Nom de Dieu ! Lou, qu'est-ce qui vous prend ? Vous cherchez à vous suicider, bordel de merde ? Et d'abord, qu'est-ce que vous foutez ici ?

— J'ai été obligé de me garer par là, parce que j'avais crevé. Je m'excuse, mais...

— Bon, bon, ça va, ça suffit comme ça. On ne va pas passer la nuit à discuter. Allons-y !

— Allons-y ? Où ça ? Il est encore bien tôt.

— Tôt ? Ben, merde, alors ! Il est onze heures et quart, et ce salopard d'Elmer n'est pas encore rentré. Il avait promis de revenir tout de suite, et il n'est pas là. Probable qu'il est encore là-bas à se fourrer dans un nouveau pétrin !

— Nous devrions peut-être lui laisser encore un peu de temps... Si vous rentriez chez vous, monsieur Conway ? Moi, j'irai...

Il me fallait gagner du temps. J'étais incapable de retourner là-bas tout de suite. Mais il hurla :

— J'y vais maintenant ! Et vous allez me suivre !

Il s'éloigna à grands pas ; la portière de la Cadillac claqua. Il me cria encore de le suivre et repartit en trombe.

Je réussis à allumer un cigare. Je mis le moteur en marche et calai ; je fis une nouvelle tentative et calai encore. Au troisième essai, il tourna rond, ne cala pas, et je fus bien obligé de démarrer.

Je suivis l'allée jusqu'à la maison de Joyce et me garai à proximité. Avec la bagnole d'Elmer et celle de son père, il n'y avait plus de place à l'intérieur de la cour. Après avoir coupé le contact, je sortis de la voiture, puis gravis les marches de la véranda.

La porte était ouverte. Conway se trouvait dans le salon, au téléphone. A voir son visage, on aurait cru qu'il avait été débarrassé au rasoir, de toutes ses bajoues et de ses fanons.

Il n'avait pas l'air tellement ému, ni même attristé. Il était simplement sérieux et, je ne sais trop pourquoi, c'était encore pis.

— Oui, bien sûr, c'est un grand malheur, disait-il. Ne me répétez pas tout le temps ça ; pas la peine de me le dire. Il est mort et voilà tout ; mais c'est elle qui m'intéresse... Bon, eh bien, alors, allez-y, nom de Dieu ! Mettez-vous au boulot. Nous n'allons pas la laisser mourir, compris ? Pas de cette façon-là. Je vais m'arranger pour qu'elle grille, moi, sur la chaise électrique !

VII

Il était près de trois heures du matin quand j'eus fini de causer avec le shérif Maples et l'attorney du comté, Howard Hendricks, ou plutôt de répondre à leurs questions ; vous devinez, j'imagine, que je n'étais pas très brillant. J'avais, comme qui dirait, l'estomac barbouillé et j'étais passablement furieux. Ça n'aurait pas dû tourner de cette façon-là. C'était vraiment idiot. C'était même injuste.

J'avais fait tout ce que je pouvais pour me débarrasser d'une paire d'indésirables d'une façon propre et sans bavures. Et voilà que l'un d'eux avait survécu et que la mort de l'autre risquait de déclencher un rébecca du tonnerre !

En quittant le palais de justice, je me rendis chez le Grec pour y prendre un café dont je n'avais pas la moindre envie.

Son fils avait trouvé un emploi à mi-temps dans une station-service et le paternel ne savait pas trop si c'était si bien que ça pour le gamin. Je lui promis de passer voir le petit.

Je ne tenais pas à rentrer chez moi où il me faudrait encore répondre à un tas de questions de Lucille. J'espérais que si je tardais suffisamment, elle finirait par se lasser d'attendre et rentrerait chez ses parents.

Johnnie Pappas, le fils du Grec, travaillait chez Slim Murphy. A mon arrivée, il se trouvait à côté du garage, en train de faire je ne sais quoi au moteur de sa vieille bagnole. Je sortis de ma voiture. Il vint à ma rencontre lentement, avec méfiance, en s'essuyant les mains sur un chiffon graisseux.

— Je viens d'apprendre que t'avais trouvé une place, Johnnie. Félicitations.

— Ouais. (Il était grand, beau gosse ; pas du tout comme son père.) C'est papa qui vous envoie ?

— Il m'a dit que tu travaillais ici. Ça t'embête ?

— Ma foi... Dites donc, vous veillez drôlement tard.

— Toi aussi, il me semble, dis-je en riant. Si tu me faisais le plein ? Vois aussi s'il reste assez d'huile.

Il s'activa et, quand il eut terminé, ses soupçons s'étaient plus ou moins envolés.

— Je m'excuse de vous avoir reçu comme ça, Lou. Papa m'asticote... Il n'arrive pas à comprendre qu'un type de mon âge a besoin d'un peu de fric à soi... Alors, j'ai cru qu'il vous avait chargé de me tenir à l'œil.

— Tu sais pourtant bien que je ne suis pas comme ça, Johnnie !

— Evidemment, dit-il avec un sourire chaleureux. J'ai toujours un tas de gens sur le dos, mais à part vous, personne n'a jamais cherché à m'aider vraiment. Vous êtes le seul ami que j'aie dans cette saloperie de bled. Pourquoi vous faites ça, Lou ? Qu'est-ce que ça peut vous rapporter de vous occuper d'un gars à qui tout le monde en veut ?

— Ma foi, je n'en sais rien. (C'était vrai. Je ne

savais même pas comment je pouvais arriver à bavarder comme ça avec lui, alors que de mon côté j'en avais si gros sur la patate.) C'est peut-être parce que moi-même j'étais encore môme, il n'y a pas si longtemps... Les pères sont marrants. Ce sont les plus chics qui vous emmerdent le plus.

— Vous avez raison. Bon. Eh bien, je...

— Quelles sont tes heures de travail, Johnnie ?

— De minuit à sept heures du matin, le samedi et le dimanche. Juste de quoi me faire de l'argent de poche. Papa se figure que je serai trop fatigué pour aller à l'école le lundi, mais c'est pas vrai, Lou. Je me débrouillerai très bien.

— Je n'en doute pas. Il y a juste une petite chose, Johnnie. Slim Murphy n'a pas trop bonne réputation. Nous n'avons jamais pu prouver qu'il était mêlé à tous ces vols de pneus et d'accessoires de voitures, mais...

— Je sais, marmonna-t-il d'un air gêné. Je ne ferai pas de bêtises, Lou.

— C'est bon. J'ai ta promesse et je sais que tu as l'habitude de tenir parole.

Je le payai avec un billet de vingt dollars, empochai ma monnaie et mis le cap sur ma maison. Tout en conduisant je me demandai ce que j'avais vraiment en tête... Non, certainement, je n'avais pas joué la comédie. Je m'intéressais réellement à ce gosse. Parfaitement, je m'inquiétais de ses ennuis, à lui !

La maison était plongée dans l'obscurité quand j'arrivai ; mais même si elle était là, Lucille n'aurait pas allumé ; alors je n'osais guère espérer. Je me dis que si je lui posais finalement un lapin, elle s'en trouverait d'autant plus décidée à rester. Sans compter qu'elle avait la manie de me tomber toujours sur le paletot au moment où sa présence m'embêtait le plus. J'en étais donc là de mes réflexions...

Effectivement, ça n'a pas fait un pli. Elle était dans ma chambre, couchée dans mon lit. Elle avait rempli deux cendriers de mégots. Et en pétard, avec ça ! Jamais de ma vie je n'avais vu une petite bonne femme comme ça aussi furieuse !

Je m'assis au bord du lit et tirai mes bottes. Pendant les vingt minutes qui suivirent, je ne soufflai mot. Impossible de placer la moindre explication. Elle finit pourtant par se calmer un peu, et j'essayai de m'excuser.

— Je suis désolé, mon chou, je t'assure, mais je n'ai pas pu faire autrement. J'ai eu des tas de pépins, ce soir.

— Sans blague !

— Tu veux que je te raconte, ou non ? si tu ne veux pas le savoir, dis-le tout de suite.

— Oh ! bon, vas-y ! Je t'ai entendu me raconter tellement de mensonges et tellement d'excuses bidon que je peux aussi bien en encaisser encore !

Je lui expliquai donc ce qui était arrivé — ou plutôt ce qui était censé m'être arrivé — et elle eut bien du mal à se retenir jusqu'au bout. Le dernier mot était à peine sorti de ma bouche qu'elle remettait ça.

— Comment peux-tu être aussi stupide, Lou ? Comment as-tu pu faire ça ? Te compromettre avec une malheureuse prostituée et avec cet abominable Elmer Conway ! Maintenant, il va y avoir un scandale terrible ; tu vas probablement perdre ta place et...

— Pourquoi ? J'ai rien fait, moi.

— Je veux savoir pourquoi tu as fait ça !

— Ma foi, c'était comme qui dirait une fleur. Chester Conway voulait que j'essaie de tirer Elmer de son pétrin, alors...

— Pourquoi est-il venu te trouver ? Pourquoi faut-il toujours que tu rendes des services aux autres ? Tu ne m'en as jamais rendu, à moi !

Je gardai le silence une minute. Mais je pensais, en mon for intérieur : « C'est ce que tu crois, ma chatte. Mais je te fais une sacrée fleur en ne te démolissant pas le portrait ! »

— Lou Ford ! Réponds-moi !

— Bon, d'accord. Je n'aurais pas dû.

— Et d'abord, tu n'aurais jamais dû laisser cette femme rester dans le pays !

— Non ; je n'aurais pas dû.

— Alors ?

— Je ne suis pas parfait, répliquai-je. Je commets des tas de bourdes. Combien de fois veux-tu que je te le répète ?

— Ça, par exemple ! Tout ce que je peux te dire, c'est...

Tout ce qu'elle pouvait me dire risquait de durer jusqu'à perpète, et je n'étais pas d'humeur à l'écouter. J'avançai la main et lui empoignai l'entrecuisse.

— Lou ! Arrête !

— Pourquoi ?

— Arrête, gémit-elle. Arrête ou... Oh ! Lou !

Je m'allongeai près d'elle, tout habillé. J'étais bien obligé. Il n'y avait que ce seul moyen de faire taire Lucille.

Je me couchai donc et elle me grimpa dessus. On

ne pouvait rien reprocher à Lucille quand elle était comme ça ; on ne pouvait pas exiger beaucoup plus d'une femme. Mais moi, j'avais commis des tas de méfaits. A l'égard de Joyce Lakeland, entre autres.

— Lou... ? (Lucille ralentit un peu l'allure.) Qu'est-ce que tu as, mon chéri ?

— C'est tous ces ennuis. Probable que ça m'a mis sur les genoux !

— Mon pauvre amour ! Tâche de tout oublier ; de tout oublier, sauf moi. Je vais te caresser et te murmurer des petits mots doux, comme ça... Miam... Miam... Miam !

Elle m'embrassa et me chuchota ce qu'elle allait faire. Et, joignant le geste à la parole, elle s'exécuta. Bordel de merde ! Elle aurait pu tout aussi bien s'attaquer au poteau d'une clôture !

Bébé Joyce était déjà passée par là.

Lucille retira sa main et se mit à l'essuyer contre sa hanche. Puis elle empoigna le drap et se frotta la hanche de toutes ses forces, avec une rage de forcenée.

— Espèce de fumier ! s'écria-t-elle. Espèce de sale fumier ! Dégueulasse !

— Quoi !

J'avais l'impression d'avoir reçu un coup de poing dans le ventre. Lucille ne faisait jamais d'écarts de langage. En tout cas, je ne l'avais jamais entendue parler de cette façon-là.

— Tu es sale ! Je le sais. Je le sens ! C'est elle, que je sens. Tu ne peux pas laver son odeur. Tu ne pourras jamais. Tu...

— Bon sang ! m'écriai-je en la prenant par les deux épaules. Lucille ! Qu'est-ce que tu racontes ?

— Tu viens de la sauter ! Tu as couché avec elle

depuis le début ! Tu n'as pas cessé de me coller ses sales intérieurs dans mon ventre à moi ; de me souiller avec toutes ses saloperies. Tu vas me payer ça, tu sais ! Tu vas me le payer cher ! Même si je devais en crever, je vais...

Elle s'arracha à mon étreinte, en sanglotant, et sauta du lit. Quand je me levai, elle courut se réfugier derrière un fauteuil.

— N'approche pas ! Ne me touche pas !

— Lucille ! Voyons, ma chérie, regarde-moi !

— Je ne veux pas te regarder !

— Regarde-moi... C'est Lou, ma chérie. Lou Ford, le gars que tu connais depuis toujours ! Allons, je te le demande, franchement, est-ce que je suis un type à faire ce que tu viens de raconter ?

Elle hésita en se mordillant la lèvre. Puis, d'une voix légèrement indécise :

— Oui, tu l'as fait... Je sais que tu l'as fait.

— Tu ne sais rien du tout. Simplement parce que je suis fatigué et embêté, tu en déduis des trucs insensés ! Pourquoi, mais pourquoi veux-tu que j'aille m'amuser avec une grue alors que j'ai la chance de t'avoir, toi ? Qu'est-ce qu'une souris de cet acabit pourrait m'apporter pour que je coure le risque de perdre une fille comme toi ! Allons, ça ne tient pas debout ! Reconnais-le, mon chou !

— Ma foi...

J'avais touché juste. Je l'avais atteinte en plein orgueil, au point sensible. Mais ce n'était pas tout à fait suffisant pour lui faire oublier ses soupçons.

Elle ramassa son slip et se mit à le passer, toujours derrière le fauteuil.

— Ça ne sert à rien de se disputer à cause de ça, Lou, soupira-t-elle finalement. Je suppose que je devrais remercier ma bonne étoile de n'avoir pas attrapé une sale maladie.

— Mais, bon sang ! (Je fis brusquement le tour du fauteuil et la pris dans mes bras.) Bon sang ! ne parle pas comme ça de la femme que je vais épouser, voyons ! Ce que tu dis de moi, ça n'a pas d'importance, moi, je m'en fous ; mais tu ne peux pas la traiter comme ça ! Tu n'as pas le droit de dire que la fille que je vais épouser couche avec un type capable de s'amuser avec des putes !

— Lâche-moi, Lou, lâche-m...

Soudain, elle cessa de se débattre.

— Qu'est-ce que tu as... ?

— T'as bien entendu.

— Mais, mais... Il y a deux jours à peine, tu...

— Et après ? Aucun homme n'aime être embarqué de force dans un mariage. Il veut se déclarer à son heure, ce qui est exactement ce que je fais en ce moment. Bon Dieu ! nous n'avons déjà que trop attendu, à mon avis. Cette ridicule histoire de ce soir le prouve bien. Si nous étions mariés, nous ne nous disputerions pas, il n'y aurait pas tous ces malentendus qui nous irritent depuis quelque temps.

— Depuis que cette femme est venue s'installer, tu veux dire.

— Bon, soupirai-je. J'ai fait tout ce que j'ai pu. Si tu tiens à croire ça de moi, je ne voudrais...

— Lou ! Attends, s'écria-t-elle en se cramponnant à moi. Après tout, tu ne peux pas m'en vouloir de... (Elle n'insista plus. Dans son propre intérêt, elle était forcée de capituler.) Pardonne-moi, Lou. Naturellement, j'avais tort.

— Ça, tu peux le dire !

— Alors, ce sera pour quand, notre mariage ?

— Le plus tôt sera le mieux, affirmai-je, sans rougir. (Je n'avais pas la moindre intention de l'épouser. Mais j'avais besoin d'un peu de temps pour mettre certains projets au point. Il fallait que je parvienne à la faire tenir tranquille.) Nous allons nous revoir dans quelques jours, quand nous serons plus calmes tous les deux, et on en parlera.

— Oh ! non… Maintenant que tu… que nous avons pris la décision, finissons-en. Parlons-en tout de suite.

— Mais il va faire jour, chérie ! Si tu es encore ici, ne serait-ce que dans un quart d'heure, des gens vont te voir partir d'ici.

— Oh ! moi, tu sais, je m'en fiche complètement. Je m'en contrefiche éperdument, mon chéri.

Elle se pelotonna contre moi, et s'enfouit le nez dans ma poitrine. Je n'avais pas besoin de voir sa figure pour savoir qu'elle était tout sourire. Elle m'avait coincé et elle en était ravie.

— Tu sais, je suis bien fatigué, lui dis-je. Je crois que je devrais dormir un peu avant de…

— je vais te faire du café, trésor. Ça te réveillera.

— Mais, mon chou, tu sais que…

Sur ces entrefaites, le téléphone sonna. Elle me lâcha, sans trop se presser, et j'allai décrocher l'appareil, sur la table à écrire.

— Lou ?

C'était le shérif Maples.

— Oui, Bob ? Qu'est-ce qui vous tracasse ?

Il me le dit ; je répondis : « O.K. » et je raccrochai. Lucille me regarda ; elle allait sans doute protester, mais elle se ravisa.

— Le boulot, Lou ? Tu as du travail ?

— Oui. Le shérif va passer me prendre dans quelques minutes.

— Mon pauvre chéri ! Toi qui es déjà si fatigué ! Je vais me rhabiller et je pars tout de suite.

Je l'aidai à passer ses vêtements et l'accompagnai à la porte de derrière. Elle m'embrassa passionnément. Je promis de lui téléphoner dès que j'aurais un moment. Elle partit alors, deux ou trois minutes avant que le shérif Maples arrête sa voiture devant la maison.

VIII

L'attorney du comté, Howard Hendricks, l'accompagnait. Il était installé sur la banquette arrière. Je le saluai plutôt fraîchement et m'assis à l'avant. Il m'adressa un coup d'œil glacial sans même incliner la tête. Je ne m'étais jamais beaucoup soucié de lui. C'était un de ces patriotes professionnels qui n'arrêtent pas de raconter leurs héroïques exploits pendant la guerre.

Le shérif démarra et s'éclaircit la voix d'un air gêné.

— Ça m'embête rudement de te déranger, Lou, dit-il. J'espère que je n'ai rien interrompu...

— En tout cas, rien qu'on ne puisse remettre à plus tard. Elle... Je l'avais déjà fait attendre cinq ou six heures.

— Vous aviez rendez-vous hier soir ? demanda Hendricks.

— C'est ça, répondis-je sans me retourner vers lui.

— A quelle heure ?

— Un peu après dix heures. L'heure à laquelle je pensais en avoir fini avec l'affaire de Conway.

L'attorney grogna. Il avait l'air plus qu'un peu déçu.

— Qui c'est, la jeune fille ?

— Ça ne vous...

— Une seconde, Lou !

Bob ralentit pour s'engager dans Derrick Road, puis il reprit :

— Howard, vous faites fausse route. Vous êtes nouveau venu parmi nous, ça ne fait guère que huit ans que vous êtes ici, pas vrai ? mais vous devriez quand même savoir qu'on ne pose pas une question comme ça à un homme.

— Ah ! ça par exemple ! s'exclama Hendricks. Je fais mon métier, moi ! C'est une question importante. Si Ford avait un rendez-vous hier soir, c'est que... eh bien... (Il hésita.) Eh bien, ça prouve qu'il avait l'intention d'être là au lieu de... euh... d'être ailleurs. Vous voyez ce que je veux dire, Ford ?

Je le voyais, pas de doute, mais je n'allais pas le lui avouer. Je n'étais que ce pauvre péquenot de Lou, le gars de Trifouillis-les-Oies. Je n'avais même pas à songer à la question alibi, puisque je n'avais rien fait qui m'oblige à en avoir un.

— Non, dis-je de ma voix la plus traînante, je peux pas dire que je vois ce que vous voulez dire. Pour parler franchement, et sans vouloir vous offenser, je pensais que vous aviez clabaudé tout votre saoul, quand vous m'avez causé tout à l'heure !

— Oui, eh bien, vous vous fichez le doigt dans l'œil, mon petit bonhomme ! s'écria-t-il, rouge de fureur, en me regardant dans le rétroviseur. J'ai encore pas mal de questions à poser. Et j'attends encore la réponse à la dernière. Qui c'était, la... ?

— Ça suffit comme ça, Howard ! interrompit

sèchement Bob. Ne demandez pas ça à Lou encore une fois, sinon je me fâche. Je connais la jeune fille. Je connais ses parents. C'est une des petites demoiselles les mieux élevées de la ville, et je suis tout à fait convaincu que Lou avait bien rendez-vous avec elle !

Hendricks laissa échapper un petit rire irrité.

— Je ne comprends pas. Elle n'est pas tellement bien élevée, puisqu'elle se permet de cou... Passons... Mais elle l'est beaucoup trop pour que son nom soit révélé, même à titre strictement confidentiel ! Du diable si je comprends ça ! Plus je vis avec des gens comme vous, moins j'arrive à saisir vos raisonnements !

Il se tut et, au bout d'un moment, le shérif Maples ralentit et se gara sur le bas-côté de la route. Nous descendîmes tous les trois. Hendricks montra du menton la vieille allée envahie d'herbes folles qui menait à l'ancienne ferme des Branch. Puis il me regarda.

— Vous voyez cette traînée, dans les herbes, Ford ? Vous savez ce qui l'a causée ?

— Ma foi, oui. Un pneu à plat.

— Vous l'avouez donc ? Vous reconnaissez que ces traces existeraient bien, *si* vous aviez un pneu à plat ?

Je repoussai mon Stetson sur la nuque et me grattai la tête. Je regardai Bob, le front plissé.

— Je ne vois pas trop où vous voulez en venir, tous les deux. Qu'est-ce que ça veut dire, Bob ?

Je le savais, bien sûr. Je comprenais que j'avais fait une belle connerie. Je l'avais deviné dès que j'avais vu les traces dans les hautes herbes ; j'avais bien une réponse toute prête. Mais, je ne voulais pas la donner trop vite. Fallait que ce soit amené tout doucement, au moment voulu.

— C'est Howard qui demande ça, dit le shérif. Tu ferais peut-être bien de lui répondre, Lou.

— D'accord, grommelai-je en haussant les épaules. Je l'ai déjà dit. C'est un pneu à plat qui a fait ce genre de traces.

— Savez-vous, me demanda Hendricks, quand ces traces ont été faites ?

— Je n'en ai pas la moindre idée, répondis-je. Moi, tout ce que je sais, c'est que c'est pas ma voiture qui a fait ça.

— Vous êtes un sacré men... Comment ? (Hendricks en resta bouche bée, l'air ahuri.) Mais...

— Je n'étais pas à plat quand j'ai quitté la route.

— Une seconde ! Vous...

— Attendez une seconde, vous aussi, coupa le shérif. Je ne me souviens pas que Lou nous ait dit que son pneu soit tombé à plat sur la route. Je ne me rappelle rien de ce genre.

— Si je l'ai dit, c'est que je me serais mal exprimé, fis-je. Je savais que j'avais crevé, sûr et certain ; je le sentais au balancement de la voiture. Mais je me suis engagé dans le sentier avant qu'il soit vraiment à plat !

Bob approuva de la tête et se tourna vers Hendricks. L'attorney du comté se trouvait brusquement absorbé par la cigarette qu'il allumait. Je ne sais pas ce qui était le plus rouge, de sa figure ou du soleil qui émergeait au-dessus des collines.

Je me grattai la tête derechef.

— Ma foi, probable que ça ne me regarde pas, mais j'espère bien que ce n'est pas vous, les gars, qui vous êtes amusés à bousiller un bon pneu pour faire ces traces-là.

Hendricks grimaçait. Les yeux de Bob Maples pétillaient de malice. Dans le lointain, à cinq ou six kilomètres sur un chantier pétrolier, la pompe à boue d'une foreuse se mit à faire des bruits de succion et de compression. Au même instant, le shérif fut pris d'une quinte de toux qui se mua finalement en crise de fou rire.

— Ha, ha, ha ! s'écria-t-il. Bon Dieu ! Howard ! Elle est bien bonne ! Ha, ha, ha !

Hendricks se mit à rire à son tour. D'un rire d'abord gêné, contraint ; puis tout à fait débridé. Je restai planté là, à les regarder rigoler tous les deux, l'air surpris comme un type qui voudrait bien rire aussi mais qui n'a pas saisi le côté drôle de l'histoire.

J'étais heureux maintenant d'avoir fait cette gaffe.

Hendricks me tapa dans le dos.

— Je ne suis qu'un imbécile, Lou. Au temps pour moi !

— Sans blague ! murmurai-je, comme si je pigeais enfin. Vous ne voulez tout de même pas dire que vous avez cru… ?

— Non, bien sûr, jamais de la vie ! déclara Bob.

— C'était simplement un détail qu'il fallait vérifier, expliqua Hendricks. Nous avions besoin de découvrir la clé de cette énigme. Voyons, vous n'avez pas beaucoup causé avec Conway hier soir, n'est-ce pas ?

— Non. Ce n'était guère le moment de faire la conversation, apparemment.

— Eh bien, moi, je lui ai parlé, ou plutôt il nous a parlé. Il était fou de rage, ivre de fureur. Cette femme — comment c'est déjà, son nom ? Lakeland ?

— cette femme est morte, ou peu s'en faut. Les médecins disent qu'elle ne reprendra jamais connaissance. Alors, Conway ne va pas pouvoir se venger sur elle. De ce fait, il s'est mis naturellement en quête d'un autre bouc émissaire ; il veut se raccrocher à n'importe quoi. C'est pourquoi nous sommes obligés de parer d'avance à toute attaque de sa part, pour chaque détail qui peut sembler tant soit peu insolite.

— Allons donc ! Trêve de boniments ! N'importe qui peut comprendre ce qui s'est passé ! Elmer avait bu ; il a voulu la bousculer et, de fil en aiguille...

— Bien sûr. Mais Conway refuse de l'admettre. Et s'il trouve un autre biais, il ne l'admettra jamais.

Nous nous étions installés tous les trois par-devant pour le trajet de retour. J'étais au milieu, coincé entre le shérif et Hendricks. Tout à coup, il m'est venu une idée délirante. Je n'avais peut-être pas réussi à les rouler. Ils jouaient peut-être la comédie, tout comme moi. Si ça se trouve, c'était peut-être pour ça qu'ils m'avaient fait asseoir au milieu ; pour que je ne puisse pas sauter de la voiture !

C'était une idée folle, naturellement ! Elle ne tarda pas à disparaître. Mais j'avais eu un sursaut, avant de pouvoir me retenir.

— T'as des crampes ? s'enquit Bob.

— D'estomac, oui ! répondis-je en riant. Je n'ai rien mangé depuis hier après-midi.

— Je mangerais bien un morceau, moi aussi ! dit le shérif. Et vous, Howard ?

— Ça me paraît une bonne idée. Ça ne vous ennuie pas que nous passions d'abord au palais de justice ?

— Ah ! si ! déclara Bob, catégorique. Si on passe

par là, on risque de ne plus pouvoir s'échapper. Vous pouvez téléphoner du restaurant. Et vous appellerez mon bureau aussi, pendant que vous y serez !

La nouvelle de ce qui était arrivé avait déjà fait le tour de la ville. Il y eut pas mal de murmures et de regards ahuris à notre arrivée devant le restaurant. Parmi les nouveaux venus, j'entends, parmi les ouvriers des chantiers pétroliers. Quant aux natifs du patelin, ils se contentaient, eux, de saluer et de s'occuper de leurs affaires...

Hendricks alla téléphoner. Bob et moi, on s'installa à une table du fond. On commanda des œufs au jambon pour tout le monde ; d'ailleurs, Hendricks ne tarda guère à venir nous retrouver.

— Ce Conway ! s'exclama-t-il en s'asseyant en face de nous. Maintenant, voilà qu'il veut expédier cette femme par avion, à Fort Worth ! Il prétend que là-bas elle sera mieux soignée !

— Sans blague ? murmura Bob sans avoir l'air d'y toucher, tout en consultant le menu. Et à quelle heure il va l'emmener ?

— Mais je ne sais pas du tout s'il va l'emmener ! C'est moi qui donne les ordres, dans cette affaire. Enfin quoi, elle n'a même pas été arrêtée, et encore moins inculpée ! Nous n'en avons pas eu le temps.

— A mon avis, ça ne change pas grand-chose, fit remarquer le shérif, du moment qu'elle va mourir.

— Là n'est pas la question ! Il faut...

— Oui, sûr, fit Bob. Ça te dirait de faire un petit tour à Fort Worth, Lou ? J'irais peut-être bien aussi, moi-même.

— Ma foi, pourquoi pas ? répondis-je.

— Eh bien, alors, on va faire ça, hein ? D'accord,

Howard ? Comme ça, tout se fera dans les règles, hein ?

La serveuse nous apporta les commandes et Bob empoigna son couteau et sa fourchette. En même temps, il me donna un petit coup de pied, sous la table. Hendricks avait saisi la coupure, certes, mais il était beaucoup trop bluffeur pour l'avouer. Il fallait qu'il continue à jouer au grand homme, à l'attorney du comté qui ne prenait d'ordres de personne.

— Ecoutez voir, Bob. Pour vous, je suis peut-être nouveau venu, ici. J'ai peut-être beaucoup à apprendre. Mais, bon Dieu ! je connais la loi et je ne...

— Moi aussi, dit le shérif. Celle qui n'est pas dans les livres. Conway ne vous a pas demandé s'il pouvait l'emmener à Fort Worth. Il vous a simplement annoncé que telle était son intention. Est-ce qu'il vous a dit à quelle heure ?

— Voyons, soupira Hendricks, il pensait partir ce matin, à dix heures. Il voulait... Il a loué un des bimoteurs de la compagnie aérienne ; mais il fallait auparavant y installer une tente à oxygène et un...

— Bon. Alors, ça devrait pouvoir coller. Lou et moi, nous aurons le temps de faire un brin de toilette et de boucler une valise. Dès que nous aurons fini de manger, je te dépose chez toi, Lou.

— Parfait.

Hendricks ne dit rien.

Au bout d'une minute ou deux, Bob lui jeta un coup d'œil et haussa soudain les sourcils.

— Qu'est-ce qu'il y a, fiston ? Vos œufs ne sont

pas frais ou quoi ? Mangez-les donc avant qu'ils soient froids !

Hendricks poussa un profond soupir et s'attaqua à son breakfast.

IX

Bob et moi, nous sommes arrivés à l'aéroport avec pas mal d'avance. On est donc montés dans l'avion et on s'est mis à l'aise. Des mécanos bricolaient dans la soute aux bagages et donnaient des coups de marteau pour installer les appareils conformément aux indications du médecin ; mais, fatigués comme nous étions, il en aurait fallu bien davantage pour nous tenir éveillés. Ce fut Bob qui se mit le premier à dodeliner du chef. Après, je fermai les yeux, histoire de les reposer une minute. Je dois m'être endormi tout de suite. Je ne me suis même pas aperçu que l'avion avait décollé. Tout ce que je sais, c'est que j'ai fermé les yeux et, la minute d'après, m'a-t-il semblé, Bob me secouait me montrant le hublot.

— Regarde, Lou, la voilà. La capitale des vaches !

Je regardai en bas. J'étais vaguement déçu. Je n'avais encore jamais quitté notre comté et, maintenant que j'étais certain que Joyce ne survivrait pas, j'aurais pu profiter du paysage. Et voilà que je n'avais rien vu ! J'avais perdu mon temps à dormir !

Je demandai à Bob où était Conway.

— Par-derrière, dans la soute aux bagages. Je viens d'aller moi-même jeter un coup d'œil.

— Elle… Elle est toujours sans connaissance ?

— Je pense bien ! Et, si tu veux mon avis, elle va rester comme ça, dit-il en secouant la tête d'un air sentencieux. Conway ne connaît pas sa chance. Si son vaurien d'Elmer n'était pas mort, il se balancerait à une branche d'arbre, à l'heure qu'il est !

— Oui. C'était plutôt moche…

— Je ne sais pas ce qui peut prendre un gars pour qu'il fasse une chose pareille. C'est pas croyable. Je ne vois pas comment on peut être assez saoul ou assez méchant pour faire ça.

— C'est un peu ma faute, dis-je. Je n'aurais jamais dû la laisser rester en ville.

— Ça… Ma foi… Je t'avais dit de te fier à ton jugement. C'était d'ailleurs un joli brin de fille, à ce qu'il paraît. Probable que moi-même je l'aurais laissée, si j'avais été à ta place.

— Je m'en veux bougrement, Bob. Et je regrette bien de ne pas être allé vous trouver tout de suite, au lieu de vouloir m'occuper moi-même de cette histoire de chantage.

— Bien sûr, bien sûr… fit-il en hochant lentement la tête. Mais on s'est déjà suffisamment occupé de tout ça. C'est fait et on n'y peut plus rien. C'est pas en revenant là-dessus et en répétant des « si j'avais su » qu'on va arranger les choses !

— Non, bien sûr, dis-je. Quand le vin est tiré, il faut le boire.

L'appareil se mit à décrire des cercles tout en perdant de l'altitude, et nous attachâmes nos ceintures. Deux ou trois minutes après, nous roulions sur la piste. Une voiture de police suivie d'une ambulance nous escorta à la même allure que l'avion.

Dès que l'avion fut stoppé, le pilote sortit de la cabine et ouvrit la porte. Bob descendit et je le suivis. Nous attendîmes un instant. Le médecin surveillait le débarquement de la civière. Une des extrémités était cachée par une espèce de petite tente, et tout ce que je pouvais voir, c'était la forme du corps sous le drap, puis je ne vis plus rien. On s'était hâté de la fourrer dans l'ambulance. Au même moment, une lourde main vint se poser sur mon épaule.

— Lou, dit Chester Conway, vous allez venir avec moi dans la voiture de police.

— Ma foi, dis-je en jetant un coup d'œil à Bob, j'avais eu plutôt l'intention de...

— Vous venez avec moi, répéta-t-il. Shérif, montez dans l'ambulance. Nous vous retrouverons à l'hôpital.

Bob repoussa son Stetson en arrière et adressa à Conway un coup d'œil perçant et impitoyable. Puis ses traits s'affaissèrent, il tourna les talons et s'éloigna en raclant le ciment de ses bottes éculées.

Je m'étais beaucoup soucié de la façon dont j'allais devoir me comporter vis-à-vis de Conway. Mais, après l'avoir vu houspiller le père Maples, j'étais vraiment furieux. D'un coup d'épaule, je me débarrassai de ma main et montai dans la voiture de police. Conway y grimpa à son tour et fit claquer la portière. Je détournai la tête pour ne pas le regarder.

L'ambulance démarra et nous la suivîmes.

Conway se pencha pour fermer la vitre qui nous séparait du chauffeur.

— Ça ne vous a pas plu, hein ? grommela-t-il. Eh bien, il va y avoir encore pas mal de choses qui ne vous plairont pas, avant que l'affaire soit réglée. C'est la réputation de mon défunt garçon qui est en jeu, vu ? Et ma propre réputation. Il n'y a que ça qui m'intéresse, pas autre chose. Je ne vais pas prendre de gants ni me soucier d'un quelconque protocole. Ce ne sont pas les susceptibilités des uns et des autres qui vont m'arrêter !

— Ça ne m'étonne pas, dis-je. Ce n'est pas à votre âge qu'on peut se refaire le caractère !

Je me mordis les lèvres aussitôt. Je me trahissais en parlant comme ça. Mais il ne semblait pas avoir entendu. Comme toujours, il n'entendait que ce qui lui plaisait.

— Ils vont opérer cette fille dès son arrivée à l'hôpital, reprit-il. Si elle tient le coup sur le billard, elle devrait pouvoir parler dès ce soir. Je veux que vous soyez près d'elle à ce moment-là, dès qu'elle se réveillera...

— Et alors ?

— Bob Maples est très bien, mais il est trop vieux pour pouvoir foncer à la première alerte. Il est capable de tout faire foirer au moment où l'on a le plus besoin de lui. C'est pour ça que je le laisse filer pour l'instant, quand la présence de quelqu'un n'est pas indispensable.

— Je ne vois pas très bien ce que vous voulez dire...

— J'ai fait retenir des chambres dans un hôtel. Je vais vous y déposer, et vous y resterez jusqu'à ce que je vous fasse signe. Reposez-vous, compris ? Reposez-vous bien, dormez, de façon à être tout à fait en forme pour le moment venu.

— Bon, d'accord, dis-je en haussant les épaules. Mais j'ai dormi tout le temps, dans l'avion.

— Dormez encore. Vous aurez peut-être à veiller toute la nuit.

L'hôtel se trouvait dans la Septième Rue Ouest, pas très loin de l'hôpital. Conway avait retenu un vaste appartement à plusieurs chambres. Le sous-directeur en personne monta en compagnie d'un chasseur pour me montrer la mienne. Deux minutes après leur départ, le garçon d'étage rappliqua avec un plateau chargé de verres, de whisky et de glace et, sur ses talons, un autre larbin apporta des sandwichs et du café en quantité impressionnante.

Je me versai un bon whisky et portai mon verre devant la fenêtre. Je m'installai au fond d'un grand fauteuil bien confortable et les bottes appuyées sur le radiateur, je me mis à rigoler tout bas.

Conway était un grossium, pas de doute. Il savait vous houspiller et vous faire obéir au doigt et à l'œil. Il pouvait se payer des palaces, avec des gens qui se précipitent pour vous servir. Il pouvait se payer tout ce qu'il voulait ; il pouvait tout avoir — sauf ce qu'il désirait le plus : son fils et une réputation sans tache.

Son fils avait battu à mort une pute, et elle l'avait tué. Le bonhomme ne pourrait jamais se remettre d'un coup pareil. Même s'il vivait jusqu'à cent ans, ce qui était mon vœu le plus cher.

Je mangeai la moitié d'un club-sandwich, mais je ne sais trop pourquoi, ça ne passait pas. Alors je me servis un second whisky bien tassé et retournai devant la fenêtre. J'étais passablement énervé, mal à l'aise. J'aurais bien voulu pouvoir sortir et me balader en ville.

Le Texas de l'Ouest commence à Fort Worth, et je ne me serais pas fait remarquer, dans la tenue où j'étais, comme ç'aurait été le cas à Dallas ou à Houston. J'aurais pu m'amuser, voir du nouveau pour changer, mais au lieu de ça, il fallait que je reste tout seul à ne rien faire, sans rien voir, en ressassant toujours les mêmes histoires.

On aurait presque dit qu'on avait monté un complot contre moi. J'avais fait quelque chose de mal, il y avait bien longtemps, quand j'étais gosse et jamais je n'arriverais à me débarrasser de ça. On m'avait fourré le nez dedans, jour après jour, jusqu'au moment où, tel un chien soumis à un dressage trop intensif, je m'étais mis à me dégonfler, par pure trouille. Et maintenant, voilà que je me retrouvais...

Je me versai encore à boire...

Oui, maintenant, j'étais là ; mais ça n'allait plus durer bien longtemps de cette façon-là. Joyce allait fatalement mourir ; elle avait même peut-être déjà rendu l'âme. Et en me débarrassant d'elle, j'avais fait coup double ; j'avais éliminé aussi la chose en question, ma fameuse maladie. Dès que tout se serait tassé, j'allais donner ma démission, je vendrais la maison et la clientèle de mon père, et je foutrais le camp.

Et Lucille Stanton ? (Je secouai la tête.) Non, ce n'était pas elle qui me retiendrait. Elle n'allait pas me garder enchaîné à Central City. Je ne savais pas exactement comment je lui échapperais, mais je savais bougrement bien que je la plaquerais.

D'une façon ou d'une autre. Un jour ou l'autre.

Pour tuer le temps, je pris un long bain chaud ; puis je fis une nouvelle tentative sandwichs-café. J'arpentai la chambre, en mangeant et en buvant le café ; je me promenai d'une fenêtre à l'autre. J'aurais bien voulu ne pas être logé si haut, pour pouvoir regarder ce qui se passait dans la rue.

J'essayai de faire un somme, mais pas mèche ! Je pris alors un chiffon à chaussures dans la salle de bains et me mis à astiquer mes bottes. J'en avais fini une qui jetait des feux éblouissants et je commençais à faire reluire l'extrémité de l'autre quand Bob Maples fit son entrée.

Il me dit un vague bonjour et se servit à boire. Il se laissa alors tomber dans un fauteuil et se mit à contempler le fond de son verre, en faisant tinter les glaçons.

J'eus l'impression qu'il se faisait vieux, qu'il n'était plus aussi sûr de lui. Conway avait dû lui passer un sacré savon dont il ne voulait pas me parler. Je finis par lui demander :

— Vous avez eu des embêtements à l'hôpital, Bob ?

— Ouais… murmura-t-il d'une voix hésitante. J'en ai eu pas mal.

Il se leva, pour se verser encore un peu de whisky dans son verre. Puis il alla se planter devant la fenêtre et se balança un moment sur les talons. Sans cesser de me tourner le dos, il m'annonça :

— Elle est morte, Lou. Elle ne s'est pas réveillée de l'anesthésie.

— Voyons, nous savions tous qu'elle n'avait aucune chance de s'en tirer. Tout le monde le savait, sauf Conway. Il était trop obstiné pour comprendre.

Le shérif ne me répondit pas. Je m'approchai de lui, et le pris par l'épaule.

— Faisons quelque chose, Lou, soupira-t-il. Sortons, payons-nous une bonne virée ; rien que tous les deux, hein ?

— Et Conway ?

— Qu'il aille se faire foutre ! Il a des affaires ici ; il va sûrement rester quelques jours. Nous allons porter nos bagages à la consigne, comme ça nous ne risquerons pas de tomber sur lui, et après on va se taper une bonne petite faridon.

Il essaya d'attraper la bouteille, la manqua et ne parvint à la saisir que la seconde fois. Je la lui pris des mains, et le servis moi-même.

— Bonne idée, Bob, lui dis-je. Ça me plairait bien. Mais est-ce qu'on ne devrait pas rentrer à Central City ? Je veux dire, avec Conway dans cet état, ça ne ferait peut-être pas bon effet si nous...

— Je te dis qu'il n'a qu'à aller se faire foutre ! Je l'ai dit, et je le pense.

— Oui, bien sûr, mais...

— J'en ai assez fait pour Conway. Trop, tiens. Plus qu'on peut demander à un type. Allez, ouste ! Enfile tes bottes et mettons les voiles !

Je lui dis oui, bien sûr, tout de suite ; seulement j'avais un cor et il fallait d'abord que je le décortique un peu. Alors, en m'attendant, pourquoi ne s'allongerait-il pas cinq minutes pour faire un somme ?

Il m'écouta, non sans avoir un tantinet grogné et protesté. Je téléphonai à la gare, et retins un wagon-lit dans le train de huit heures pour Central City. Ça nous coûterait quelques dollars, car le comté ne nous rembourserait que le prix du billet de première.

Mais je me disais que nous aurions bien besoin d'être seuls.

J'avais raison. Je réveillai Bob à six heures et demie, pour qu'il ait tout le temps de se préparer. Il avait l'air encore plus mal en point qu'avant sa sieste. Pas moyen de lui faire prendre un bain. Il refusa de boire du café et de manger un morceau. En revanche, il se remit à picoler et en quittant l'hôtel, il emporta encore une bouteille de whisky toute pleine. Quand j'eus réussi à le faire monter dans le train, j'étais vraiment à bout de nerfs. Je me demandais ce que ce bon Dieu de Conway avait bien pu lui dire.

Et voilà. C'est à ça que s'était réduit mon voyage à la grande ville, ma première expédition hors du comté. Un aller direct de l'avion à l'hôtel et un retour, aussi sec, de l'hôtel à la gare. Et puis le long trajet en chemin de fer, dans la nuit, quand on ne peut rien voir, enfermé avec un ivrogne tout pleurnichant.

A un moment donné, vers minuit, un peu avant de s'endormir, ses esprits ont dû salement vagabonder, car brusquement il a brandi un poing tremblant et m'a flanqué une bourrade dans la poitrine.

— Hé là ! fis-je. Qu'est-ce qui te prend, Bob ? Fais attention !

— Fais atten... attention aussi, bredouilla-t-il. Arr... Arrête de rigo... rigoler et de dire des conneries genre le vin est tiré et tout le tremblement... Pourquoi que tu fais ça, d'abord ?

— Bah ! C'est juste histoire de rigoler, Bob.

— J' vais te dire... bonne chose ; j' vais te dire. Je parie que t'y as jamais pensé.

— Ah ! oui ?

— C'est… c'est juste avant la nuit qu'il fait le plus clair.

Tout fatigué que j'étais, je me suis mis à rire.

— C'est le contraire, Bob. Tu te trompes.

— Non, non. C'est toi ; toi qui te trompes !

X

Nous sommes arrivés à Central City vers six heures du matin. Bob prit un taxi pour rentrer tout droit chez lui. Il était malade comme un chien, malade pour de bon. Il ne s'agissait pas d'une simple gueule de bois. Il était trop vieux pour supporter ce qu'il avait encaissé.

Je passai au bureau, mais tout était calme, à en croire le shérif adjoint de nuit ; je rentrai donc chez moi aussi. Je venais de faire un drôle de paquet d'heures supplémentaires. Personne n'aurait pu protester si j'avais pris huit jours de congé. Mais, bien sûr, ce n'était nullement dans mes intentions.

Je commençai par me changer, puis je me fis des œufs brouillés et du café. Je venais de m'asseoir pour déjeuner, quand le téléphone sonna.

Je pensais que c'était le bureau, ou peut-être Lucille ; elle était obligée de téléphoner très tôt, ou alors d'attendre quatre heures, après la fin de la classe. J'allai au téléphone tout en cherchant dans ma tête un prétexte pour ne pas la voir ; mais quand je reconnus la voix de Joe Rothman je fus, comme qui dirait, tout déconcerté.

— Vous savez qui c'est, Lou ? Vous vous souvenez de notre conversation, l'autre soir ?

— Bien sûr. Au sujet de... Ah ! oui : la question du bâtiment.

— J'aurais voulu vous demander de venir me voir ce soir, mais je dois faire un saut à San Angelo. Ça vous ennuie si je passe chez vous ? Cinq minutes ?

— Ma foi, venez donc. C'est important ?

— Une petite chose, mais importante, Lou. Quelques mots rassurants.

— Mais je pourrais peut-être...

— Je n'en doute pas, mais je tiens à vous *voir,* dit-il et il raccrocha brusquement.

Je raccrochai à mon tour et retournai à mon petit déjeuner. Il était encore très tôt et il y avait de fortes chances pour que personne ne le voie. D'ailleurs, ce n'était pas un malfaiteur, quoi qu'en pensent certains.

Il se pointa donc cinq minutes après. Je lui proposai à déjeuner, sans beaucoup insister parce que je ne tenais pas à le voir s'incruster. Il me répondit : « non merci », mais il s'assit à la table en face de moi.

— Alors, Lou, dit-il en se mettant à se rouler une cigarette. J'imagine que vous savez ce que j'aimerais vous entendre dire ?

— Je crois. Considérez que c'est dit.

— Les très discrets articles des journaux sont exacts dans leurs allusions ? Il a voulu faire le méchant et ça s'est retourné contre lui ?

— Ça m'en a tout l'air. Je ne vois pas d'autre explication.

— Je ne peux pas m'empêcher de me poser des questions, murmura-t-il. (Il s'interrompit pour humecter du bout de la langue son papier à cigarettes.) Je ne peux pas m'empêcher de me demander comment une femme avec la figure en compote et une fracture des vertèbres cervicales a pu faire mouche à six reprises sur un bonhomme, même un type aussi... monumental que le très peu regretté Elmer Conway !

Il leva lentement les yeux et plongea son regard au fond des miens. Je haussai les épaules.

— Probable qu'elle n'a pas tiré toutes les balles à la fois. Elle l'a flingué pendant qu'il la tabassait. Enfin quoi, merde ! elle n'est pas restée plantée là à encaisser comme une gourde, à attendre qu'il ait fini pour se mettre à tirer, non ?

— Logiquement non, n'est-ce pas ? Et pourtant, à croire les bribes de renseignements qui sont parvenues jusqu'à moi, ce serait exactement ce qu'elle aurait fait. Elle était encore en vie quand il est mort ; or la plupart des balles qu'elle a tirées, deux au moins, en tout cas, auraient suffi à le refroidir. Par conséquent, elle avait dû déjà encaisser cette rupture des vertèbres cervicales et tout le reste avant de tirer !

Je secouai la tête. Il fallait que je cesse de le regarder en face.

— Vous disiez que vous vouliez être rassuré, hasardai-je. Vous... vous...

— La vérité vraie, Lou. Pas d'ersatz. J'attends toujours...

— Je ne vois pas pourquoi vous venez m'interroger. Le shérif et l'attorney du comté se sont déclarés satisfaits. C'est tout ce qui m'intéresse.

— C'est ce que vous pensez ?

— Parfaitement.

— Bien, mais permettez-moi de vous interroger parce que je suis moi-même mêlé à cette affaire. Pas directement, sans doute, mais...

— Mais indirectement non plus.

— Vous trouvez ? Je sais que vous en vouliez aux Conway. En fait, j'ai mis tout en œuvre pour vous braquer contre le vieux. Moralement — et peut-être judiciairement — je partage la responsabilité de tous les actes regrettables que vous pourriez accomplir. Bref, disons que moi, et les syndicats que je représente, risquerions fort de nous trouver placés dans une situation fâcheuse.

— C'est vous qui le dites.

— Seulement, n'exagérez pas, Lou. Le crime, je ne marche plus. Au fait, quel est le score aujourd'hui ? Un ou deux ?

— Elle est morte. Elle est morte hier après-midi.

— Je ne marche pas, Lou — si c'est un double assassinat. Commis par vous. Je ne peux pas vous dire comme ça tout de suite ce que je vais faire, mais je ne fermerais pas les yeux. Je ne pourrais pas. Vous risqueriez de me fourrer dans un pétrin encore pire !

— Enfin, quoi ! Qu'est-ce que... ?

— La fille est morte. Elmer est mort. Donc, tout étrange que paraisse l'affaire, on ne peut rien prouver. Si la justice savait ce que je sais, que vous aviez un mobile...

— Pour la tuer ? Pourquoi diable aurais-je voulu la tuer ?

— Ma foi...

Il commençait à faire marche arrière.

— Eh bien, ne parlons pas d'elle. Disons qu'elle

n'a été qu'un instrument destiné à punir Conway. Un élément de la mise en scène.

— Voyons ! Voyons ! Mais ça ne tient pas debout, protestai-je. Ce fameux mobile, contre l'autre victime... Je l'aurais traîné pendant six ans ? Ça fait six ans que je suis au courant de la vérité sur l'accident de Mike. Pourquoi voulez-vous que j'attende six ans, et puis que je me décide comme ça, brusquement ? Que je tabasse à mort une pauvre petite grue, rien que pour me venger du fils Conway ? Allons, franchement, est-ce que c'est logique, ça ? Dites, Joe ?

Rothman fronça les sourcils, l'air songeur, et se mit à tambouriner sur la table.

— Non, soupira-t-il, enfin, ça ne me semble pas logique. C'est ça, le hic... Le gars qui s'est tiré de ce boulot-là, les doigts dans le nez...

— Vous savez bien qu'il n'existe pas, ce gars-là !

— Que vous dites !

— Oui, que je dis ! fis-je. Mais tout le monde le dit. Vous-même vous le diriez aussi si vous n'étiez pas au courant de mes sentiments à l'égard des Conway. Chassez donc tout ça de votre esprit ; alors, qu'est-ce qui reste ? Un double meurtre : deux personnes qui se bagarrent et s'entre-tuent, dans des circonstances passablement étranges.

Il eut un sourire en coin.

— Moi, j'appellerais ça l'euphémisme du siècle, Lou !

— Je ne peux pas vous dire comment ça s'est passé au juste, repris-je, puisque je n'y étais pas. Mais je connais des cas bizarres, des hasards curieux, dans le crime comme dans n'importe quoi. Un bonhomme se traîne sur un kilomètre avec le crâne défoncé. Une femme téléphone à la police après avoir reçu une balle en plein cœur. Un type, tour à tour pendu, empoisonné, dérouillé et flingué, persiste à vivre. Ne me demandez pas pourquoi ni comment, je l'ignore. Mais je sais que ces choses-là arrivent, et vous le savez aussi.

Rothman me regardait fixement. Soudain, d'un petit coup sec, il acquiesça du chef.

— Sans doute, Lou. Sans doute aussi, vous avez les mains nettes, au moins. Je suis resté là, à vous observer, à mettre bout à bout tout ce que je sais sur vous, et je n'arrivais pas à faire coller tout ça avec l'idée que je me fais du gars en question. Dans cette affaire de dingues, ce serait encore plus dingue que tout. Ça ne vous va pas ce rôle-là ; c'est tout ce que je peux dire.

— Qu'est-ce que vous voulez que je réponde à ça ?

— Rien du tout, mon vieux. C'est moi qui devrais vous remercier de m'avoir soulagé d'un énorme souci. Et pourtant, si ça ne vous ennuie pas trop que j'accroisse un peu plus ma dette à votre égard…

— Allez-y !

— Tout à fait entre nous, pour satisfaire ma curiosité, quel est le fin fond de l'histoire ? Je veux bien reconnaître que vous n'en vouliez pas *à mort* à Conway, mais vous le détestez bien, tout de même. Qu'est-ce que vous essayez d'obtenir, dans tout ça ?

Depuis le soir de notre conversation, j'attendais cette question. J'avais une réponse toute prête.

— L'argent versé était censé être le prix du départ définitif de la fille. Conway la payait pour qu'elle s'en aille et fiche la paix à Elmer. Mais en réalité…

— Elmer comptait partir avec elle, c'est ça ?

Rothman se leva, se coiffa de son chapeau, et poursuivit :

— Ma foi, je n'ai pas le cœur de vous en vouloir, pour ce tour de force, malgré le résultat malencontreux... Je regrette presque de ne pas y avoir pensé.

— Oh ! Ce n'était pas grand-chose. Question de volonté. Quand on veut on peut.

— Aïe ! s'exclama-t-il. Et qu'en pense Conway, au fait ?

— Ma foi, il n'a pas l'air bien dans sa peau, à mon avis.

— Quelque chose qui n'aura pas passé, peut-être ? Bon, salut, Lou. Et attention, hein ? Faites bien attention. Les salades, ça ne prend pas avec moi, hein ?

Sur ce, il s'éclipsa.

J'allais ramasser les journaux dans la cour, ceux de la veille au soir et du matin, et après m'être versé une autre tasse de café, me rassis à la table.

Comme d'habitude, les journaux me tressaient des couronnes. Au lieu de me présenter comme un crétin ou une mouche du coche, ce qui leur aurait été très facile, ils faisaient de moi une sorte de J. Edgar Hoover mâtiné de Lombroso. J'étais pour eux « l'astucieux limier du shérif dont l'intervention généreuse et désintéressée s'était trouvée contrecarrée par les imprévisibles bizarreries de l'âme humaine ».

J'éclatai de rire et faillis bien m'étrangler en essayant d'avaler une gorgée de café. En dépit de tout ce que j'avais eu à supporter, je commençais à me trouver rassuré et en forme. Joyce était morte. Rothman lui-même ne me soupçonnait pas. Or, quand on était blanchi par ce gars-là, on n'avait vraiment rien à craindre. C'était une espèce d'épreuve par l'acide, pourrait-on dire.

Lucille Stanton téléphona peu après huit heures ; je lui demandai de passer me voir le soir. Je m'étais finalement dit que le meilleur moyen de gagner du temps était encore de ne pas chercher à en gagner, de ne pas la contrarier ni l'éviter. Si je ne renâclais plus, elle cesserait de me houspiller. Et puis, après tout, elle ne pouvait pas se faire épouser comme ça, à l'improviste. Il y aurait un tas de trucs à envisager, à discuter. Le temps qu'elle en ait fini avec tous les préparatifs, je serais prêt à me tirer de Central City.

Après avoir raccroché, je me rendis dans le laboratoire de mon père, allumai un bec Bunsen et mis à bouillir une aiguille pour piqûres intraveineuses et une autre pour piqûres sous-cutanées. Je fouillai ensuite sur les rayons et finis par trouver une boîte d'hormones mâles, ACTH, du complexe B et de l'eau stérilisée. Le Stock de médicaments de mon père se faisait vieux, bien sûr, mais les maisons de produits pharmaceutiques continuaient de nous envoyer des échantillons. C'étaient eux que j'utilisais.

Je me préparai alors un mélange intraveineux d'ACTH, de complexe B et d'eau distillée. Je me fis une piqûre au bras droit. Puis je m'expédiai les hormones dans le gras de la cuisse. J'étais paré pour la nuit. Lucille ne serait pas déçue cette fois-ci. Elle n'aurait pas de questions à se poser. Que mes insuffisances aient eu une cause psychosomatique ou réelle, qu'elles soient venues d'une tension trop forte ou d'un abus de Joyce, ce soir tout irait bien. La petite Lucille allait se trouver calmée pour huit jours au moins.

Je montai dans ma chambre et m'endormis. La

sirène de la raffinerie me réveilla à midi. Je me rendormis jusqu'à deux heures passées. Parfois, et même la plupart du temps, dirais-je, je peux dormir huit à dix heures de suite sans me sentir reposé. Enfin, je ne suis pas précisément fatigué, mais je n'ai pas envie de me lever, je veux rester là sans rien faire, sans voir personne.

Ce jour-là, cependant, c'était tout le contraire. J'avais hâte de faire ma toilette, de sortir, de me remuer.

Je me rasai et pris ma douche, en restant assez longtemps sous l'eau froide car les médicaments agissaient déjà. Je choisis une chemise havane bien repassée, une cravate-lacet noire, et un costume de serge bleue qui sortait de chez le teinturier.

Je me préparai à manger, puis téléphonai ensuite chez le shérif Maples.

Sa femme me répondit. Elle me dit que Bob n'allait pas bien ; le médecin lui avait conseillé de passer deux ou trois jours au lit. Il dormait, et elle ne voulait pas le réveiller. Sauf si c'était important...

— Non, je voulais juste avoir de ses nouvelles, répondis-je. Je pensais pouvoir passer lui souhaiter un petit bonjour.

— C'est gentil, Lou, je lui dirai que vous avez téléphoné, dès qu'il se réveillera. Vous pourriez peut-être venir le voir demain, s'il n'est pas levé ?

— D'accord.

Ensuite, je voulus lire un moment, mais je n'arrivais pas à fixer mon attention. Je ne savais pas quoi faire de moi, maintenant que j'avais un jour entier à moi. Je ne pouvais pas aller au bowling ni au billard. Un policier, dans ces endroits-là, ça fait mauvais effet. Même chose pour les bars, et le cinéma en plein après-midi.

Je pouvais faire une balade en voiture. Tout seul. C'était à peu près tout.

Peu à peu, l'impression de bien-être se dissipa.

Je sortis la bagnole et me rendis au palais de justice.

XI

J'hésitai dans le couloir, devant la porte ouverte du bureau de Howard Hendricks ; il leva les yeux et me fit signe d'entrer.

— Salut, Lou. Venez donc vous asseoir une minute.

J'entrai, en m'inclinant légèrement devant sa secrétaire, et approchai une chaise de son bureau.

— Je viens d'avoir la femme de Bob au téléphone, lui dis-je. Paraît qu'il est malade.

— Il paraît, oui. Oh ! ça n'a pas grande importance. Je veux dire pour l'affaire Conway. Il n'y a plus grand-chose à faire, sinon attendre et voir venir. Etre prêts, au cas où Conway chercherait à faire des histoires... Mais j'imagine qu'il ne tardera pas à se résigner à cette situation.

— C'est quand même malheureux que la fille soit morte !

— Moi foi, je ne sais pas trop, Lou.

Il haussa les épaules et poursuivit :

— Je ne vois pas comment elle aurait pu nous dire des choses que nous ne sachions déjà. Tout à fait entre nous, je vous avoue que je suis soulagé. Conway n'aurait eu de cesse de la faire juger, condamner à la chaise électrique et exécuter, chargée de tous les torts. Ça m'aurait vraiment fait mal de me trouver mêlé à ça !

— Ouais. Ça n'aurait pas été si chouette que ça.

— Et pourtant, je n'aurais pas pu faire autrement, Lou, si elle avait vécu. Je veux dire, j'aurais bien été forcé de dresser un acte d'accusation terrible.

Je le voyais qui faisait des efforts d'amabilité, depuis notre altercation de la veille. J'étais son vieux pote, son ami à qui il ouvrait son cœur.

— Howard... Je me demande...

— Oui, Lou ?

— Ma foi, probable que je ferais mieux de me taire. Probable qu'on n'a pas les mêmes opinions sur les choses.

— Oh ! mais je suis certain que si. J'ai toujours pensé que nous avions énormément de choses en commun. Que vouliez-vous donc me dire ?

Ses yeux se détournèrent un instant de ma figure et je vis ses lèvres frémir légèrement. Je devinais que sa secrétaire venait de lui adresser un clin d'œil.

— Eh bien, voilà, lui dis-je. Moi, j'ai toujours aimé croire que nous formions une bonne grande famille, par chez nous. Nous autres qui travaillons pour le comté...

— Bon, bon... Une grande famille heureuse, hein ? murmura-t-il. (Son regard s'égara encore une fois.) Mais je vous écoute, Lou.

— Nous sommes comme qui dirait des frères, pas vrai ?

— Heu... oui.

— Nous sommes tous embarqués sur le même bateau. Il faut retrousser nos manches et pousser à la roue tous ensemble, vu que l'union fait la force. Tous pour un, un pour tous, comme on dit, pas vrai ?

J'eus l'impression que son cou doublait de volume. Il rougit, s'étrangla, tira brusquement un mouchoir de sa poche et fit pivoter son fauteuil pour me tourner le dos pendant qu'il toussait et s'étranglait en crachouillant. J'entendis sa secrétaire se lever soudain derrière moi et sortir précipitamment. ses hauts talons martelèrent le couloir sur un rythme de plus en plus rapide pour gagner les cabinets des dames. A la fin, elle courait presque.

J'espérais bien qu'elle avait pissé dans sa culotte.

J'espérais aussi que ce bout de schrapnel qui se baladait sous les côtes d'Hendricks allait lui percer un poumon. Ce bout de schrapnel avait déjà coûté une fortune aux contribuables. Le gars s'était fait élire attorney du comté en évoquant ce bout de schrapnel. Il ne s'agissait pas, pour lui, de promettre qu'il allait donner un bon coup de balai dans le comté et veiller à ce que tout le monde soit traité avec équité. Non. Il n'était question que du schrapnel.

Enfin, il se redressa et se retourna de mon côté en s'essuyant les yeux. Je lui dis qu'il ferait bien de soigner ce rhume.

— Je vais vous expliquer ce que je fais toujours. Vous faites bouillir un gros oignon, et puis dans l'eau vous y pressez le jus d'un gros citron ou, si vous n'en avez pas, le jus d'un citron moyen et d'un petit...

— Lou !

— Et alors ?

— J'apprécie votre gentillesse, l'intérêt que vous prenez pour ma santé, mais... je suis un peu occupé aujourd'hui. Venons-en au fait, si ça ne vous fait rien. Qu'est-ce que vous vouliez me dire ?

— Oh ! c'était pas très...

— Je vous en prie, Lou.

— Bon. Ben, voilà. Je me suis demandé...

Et je lui fis part de tout ce qui avait tracassé Rothman. Je lui racontai tous ses soupçons, à ma façon, d'une voix traînante, avec des mots maladroits.

Avec ça, il allait avoir de quoi se tourmenter. Il ne s'agirait plus cette fois de simples traces de pneus à plat ! Le plus beau de l'histoire, c'est qu'il ne pouvait rien y faire, à part se ronger les sangs.

— Mon Dieu ! s'exclama-t-il à mi-voix. C'est l'évidence même ! C'était là, sous notre nez ! Il suffisait de réfléchir cinq minutes. C'est un de ces trucs si simples, si évidents, qu'on ne les voit pas ! Oui, oui, on a beau retourner l'affaire dans tous les sens, il aurait fallu qu'il la tue, après avoir été tué lui-même. C'est-à-dire après avoir été mis dans l'impossibilité de tuer !

— Ou vice versa, fis-je observer.

Il s'épongea le front, l'air ému mais très embêté aussi. Il lui avait été facile de tendre un piège à ce brave corniaud de Lou avec cette histoire de traces de pneus. Ça, c'était dans ses cordes. Mais là il était nettement dépassé.

— Vous savez ce que ça veut dire, Lou ?

— Oh ! vous savez, ça ne veut pas nécessairement dire ce que vous croyez ! (Je lui ouvris une porte de sortie, en lui rabâchant ces histoires de morts bizarres dont j'avais parlé à Rothman.) Probable que ça a été un coup comme ça. Un de ces trucs impossibles que personne ne peut expliquer.

— Oui… Oui, fatalement. Ça ne peut pas être autre chose. Vous… Euh… Vous n'en avez parlé à personne, Lou ?

Je lui fis signe que non.

— Ça m'est venu à l'esprit tout à l'heure. Bien sûr, si Conway est encore à cran quand il reviendra, je…

— Je ne crois pas que ce serait sage, Lou. Si j'étais à votre place, je ne ferais pas ça.

— Vous voulez dire que je devrais d'abord en parler à Bob ? Mais j'en avais bien l'intention, pensez ! Je ne m'en vais pas passer par-dessus la tête de Bob !

— Non, Lou, dit-il posément, ce n'est pas ce que je veux dire. Bob ne va pas bien. Il a déjà subi une sacrée humiliation de la part de Conway. Je ne crois pas que nous devrions aggraver ses soucis. Surtout pour une chose qui, comme vous dites, ne peut guère avoir de bien graves conséquences.

— Ma foi, si c'est un truc sans importance, je ne vois pas pourquoi…

— Gardons tout ça pour nous, pour le moment du moins, Lou. Patientons, et voyons ce qui va se passer. Après tout, comment faire autrement ? Quelles preuves avons-nous ?

— Pas grand-chose, dis-je. Rien du tout, si ça se trouve.

— Exactement ! Je n'aurais pu mieux dire !

— Tenez, voici ce qu'on pourrait peut-être faire, repris-je. Ce serait pas compliqué de retrouver tous les types qui allaient la voir. Probable qu'il doit pas y en avoir plus de trente à quarante, vu qu'elle avait des tarifs plutôt exorbitants. Bob et nous autres, les gars du bureau du shérif, on pourrait vous les amener et alors vous…

Ah ! Si vous l'aviez vu transpirer quand je lui ai dit ça ! Appréhender une trentaine de citoyens bien en vue, ça ne nous ferait ni chaud ni froid à nous autres, du bureau du shérif. Mais ce serait lui, l'attorney du comté, qui serait chargé d'examiner les dossiers, de réunir les preuves et les témoignages, de fixer les chefs d'inculpation. Le temps qu'il en ait fini, c'est lui qui serait *fini* en tant qu'attorney du comté ! Il pourrait cracher du schrapnel autant qu'il voudrait par les trous de nez, il ne serait même pas élu cantonnier !

Cela dit, je ne tenais pas vraiment beaucoup plus que lui à le voir se lancer dans cette aventure. L'affaire était classée. Elmer Conway constituait un coupable au poil et mieux valait laisser les choses comme elles étaient. Dans ces conditions et vu que l'heure du dîner n'allait pas tarder à sonner, je me laissai faire une douce violence. Je lui dis que, moi, n'est-ce pas, je n'y entendais pas grand-chose et que je lui étais reconnaissant de m'avoir si bien ouvert les yeux. Ce fut ma conclusion. Ou presque ; car avant de partir, je lui donnai quand même ma recette pour guérir la toux !

Je regagnai tranquillement ma voiture en sifflotant et en me disant que, finalement, l'après-midi avait été chouette et que ce serait bougrement amusant de raconter ça.

Dix minutes après, au moment de rentrer chez moi, je passai au supermarché et m'achetai diverses provisions, y compris un steak pour mon dîner. A la maison, je me préparai un de ces repas du tonnerre et n'en laissai pas une miette. Mes piqûres faisaient leur effet. J'attendais Lucille avec impatience. Je commençais même à la désirer vachement.

Je fis la vaisselle, l'essuyai et la rangeai, puis je passai la serpillière dans la cuisine en traînassant le plus possible. Je tordis la serpillière, allai l'étendre sur le perron de derrière, et revins voir l'heure à la pendule. J'avais l'impression qu'elle s'était arrêtée. Il allait me falloir poireauter encore deux heures avant que Lucille ose venir.

Je ne voyais plus de ménage à faire. Je me servis un grand bol de café et le portai dans le bureau de mon père. J'allumai un cigare, et me mis à regarder distraitement les bouquins qui tapissaient l'un des murs. Je me disais sans doute que puisque j'allais être obligé de vendre la maison, je ferais bien de repérer d'avance tout ce qui pouvait avoir une certaine valeur.

C'est ainsi que j'avais un énorme volume relié en cuir, un monumental index explicatif de la Bible. Je soufflai dessus pour chasser la poussière et le portai sur le bureau. Le volume s'ouvrit pour ainsi dire tout seul au moment où je le posais. Pas étonnant, d'ailleurs. Il y avait justement là, tel un signet entre deux feuillets, un petit instantané d'amateur format 6 × 9.

Je le pris, le tournai, le retournai dans tous les sens, le regardai à l'envers, tout au moins ce quc je prenais pour l'envers, en souriant comme on fait quand on s'efforce de découvrir la clé d'une énigme.

C'était une tête de femme, pas précisément jolie, mais attirante sans qu'on sache très bien pourquoi. Je n'arrivais pas à comprendre comment la photo avait été prise, ni ce que faisait exactement le sujet. A première vue, la femme avait l'air de passer la tête par l'enfourchure d'un arbre, un érable blanc, probablement ; il s'agissait de deux grosses branches qui partaient du tronc en s'amincissant. Elle avait les mains cramponnées aux deux branches de la fourche et... Mais je voyais bien que je devais me tromper. Le tronc de l'arbre se trouvait, en effet, nettement fendu en deux à la base et on distinguait comme un moignon à peu près tangent à chacune des deux maîtresses branches.

Je frottai la photo contre ma chemise et l'examinai encore. Ce visage de femme me disait vaguement quelque chose. Mais il évoquait pour moi un souvenir très lointain et extrêmement confus, un souvenir repoussé au fond d'une obscure cachette. C'était une vieille photo ; on apercevait comme un enchevêtrement de stries ou de fissures, les méfaits des ans, je suppose, dans le bois de la fourche par où la femme passait la tête.

Je finis par prendre une loupe pour examiner le cliché de plus près. Je le retournai à l'envers, comme il était censé être en position normale.

Et soudain, la loupe me tomba des mains. Je repoussai la photo sur le bureau et me laissai choir au fond du fauteuil. Je restai là, stupéfait, le regard perdu dans le vide.

La fourche par où elle semblait lorgner l'objectif lui appartenait en propre : c'était son entrecuisse !

Elle était à genoux, la tête entre les jambes. Quant à tout ce réseau de stries qu'elle avait sur les cuisses, les ans n'en étaient point la cause. Il s'agissait de cicatrices. Cette femme, c'était Hélène, qui avait été la bonne de papa il y avait très, très longtemps...

Oui, de papa...

XII

Je ne restai figé ainsi que quelques minutes à peine ; mais tout un univers, presque toute ma vie d'enfant défila devant moi en ces brefs instants. Et la bonne, elle aussi, me revint à la mémoire, la bonne qui avait tenu pour moi une si grande place à cette époque-là.

— *Dis, Hélène, tu veux te battre ? Tu veux apprendre à boxer ?...*

Et puis :

— *Oh ! je suis trop fatiguée... Tu n'as qu'à te contenter de cogner sur moi...*

Et enfin :

— *Mais ça te plaira, mon chéri. Tous les grands garçons font ça !*

Je revécus tout l'épisode et j'arrivai à la fin, à cet effroyable dernier jour, où j'étais pelotonné au pied de l'escalier, mourant de honte et d'effroi, et tout endolori par la première et unique fouettée qui me fut jamais administrée ; l'oreille tendue pour écouter les voix rageuses et méprisantes, qui venaient de la bibliothèque.

— *Je ne discuterai pas avec toi, Hélène. Tu vas partir ce soir même ! Et estime-toi heureuse que je ne porte pas plainte.*

— Sans blague? je voudrais bien t'y voir, tiens!

— Mais voyons, Hélène? Comment as-tu pu faire une chose pareille?

— Jaloux?

— Toi, tu as osé faire ça avec un gosse, un petit garçon!

— Oui! Justement! Avec un petit garçon. Rappelle-toi donc... Ecoute-moi, Daniel; moi, je...

— Non, tais-toi je t'en supplie. C'est ma faute, oui... Si je n'avais pas...

— Est-ce que ça t'a fait du mal? As-tu fait du mal à quelqu'un? Est-ce qu'au contraire — comme si j'avais besoin de te le demander — ça n'a pas cessé, peu à peu, de t'amuser?

— Mais un enfant! Mon enfant. Mon fils unique! Si jamais il arrive quelque chose...

— Ah! c'est donc ça! C'est ça qui te tracasse, hein? C'est pas à lui que tu penses mais à toi, au tort que ça risquerait de te causer!

— Pars tout de suite! Va-t'en! Une femme qui n'a pas plus de pudeur que...

— Je ne suis qu'une pouilleuse blanche, n'est-ce pas? C'est le terme. Une va-nu-pieds! Je ne sors pas de la vieille bourgeoisie, moi! Eh bien, quand je vois une espèce de fumier hypocrite dans ton genre, je me félicite bougrement de ne pas en être, moi, de ta vieille bourgeoisie!

— Sors d'ici, ou je te tue!

— Allons, allons! Pensez au scandale, docteur! Et maintenant, je m'en vais te dire une bonne chose...

— Fous-moi le...

— Quelque chose que toi, plus que tout le monde, aurais dû savoir. Cette affaire-là n'avait pas la moindre importance. Ce n'était rien du tout. Mais

maintenant, elle en aura. Tu ty es pris de la pire des façons. Tu...

— J'ai... Je t'en prie, Hélène...

— Oh ! je sais bien ! Tu ne tueras jamais personne. Pas toi. Tu es bien trop vaniteux, satisfait et sûr de toi. Tu aimes faire mal aux gens mais...

— Non !

— Bon, je me trompe. Tu es le grand, le bon docteur Ford, et, moi, je ne suis qu'une pauvre pouilleuse blanche, alors forcément je me trompe... Je l'espère !

Ce fut tout.

J'avais tout oublié, et maintenant je résolus de tout oublier encore. Il y a des choses qu'il faut oublier si l'on veut continuer à vivre. Et, je ne sais trop pourquoi, je voulais vivre. Plus que jamais. Si le bon Dieu a cafouillé en nous fabriquant, c'est quand il nous a donné envie de vivre alors qu'on n'a pas la moindre raison d'y tenir, à la vie !

Je remis donc le volume à sa place, emportai la photo dans le laboratoire et la brûlai, puis je fis couler l'eau dans l'évier pour entraîner les cendres. La photo fut longue à brûler, me sembla-t-il. Je ne pus pas m'empêcher de remarquer quelque chose. Elle ressemblait étrangement à Joyce. Mieux que ça ! Elle avait même un air de famille avec Lucille Stanton !

Le téléphone sonna sur ces entrefaites.

J'essuyai mes mains moites sur mon pantalon et répondis, tout en me regardant dans la glace, en détaillant ce type à chemise beige rosé et nœud papillon, aux jambes de pantalon passées par-dessus la tige des bottes.

— Oui ? Lou Ford à l'appareil...

— C'est Howard, Lou. Howard Hendricks. Ecoutez : il faut que vous veniez tout de suite... ici au palais de justice. Tout de suite, hein ?

— Ma foi, je ne sais pas trop... J'avais, comme qui dirait...

— Elle attendra, Lou. C'est important ! (A l'entendre bafouiller et crachouiller dans l'appareil, ça devait l'être, en effet.) Vous vous souvenez, tout à l'heure, de quoi nous avons parlé ? Au sujet de... Vous savez bien... La possibilité qu'un tiers soit l'assassin ! Eh bien, mon vieux, vous aviez raison ! Nous avons mis dans le mille !

— Hein ? Mais ce n'est pas... C'est-à-dire...

— Nous le tenons, Lou ! Nous tenons ce petit salaud ! Nous l'avons fait aux pattes, le fumier, et...

— Si je comprends bien, il aurait avoué ? Merde, alors ! Mais vous savez, Howard, il y a toujours des dingues qui avouent n'importe...

— Il n'avoue rien du tout ! Il refuse de dire un seul mot. C'est pour ça que nous avons besoin de vous. Nous ne pouvons pas... euh... le passer à tabac, vous savez bien. Mais vous, vous pourriez le faire parler. Si quelqu'un peut le... radoucir, c'est bien vous. Au fait, je crois que vous le connaissez.

— Sans blague ! Qui... qui c'est ?

— Le gosse du Grec. Johnnie Pappas. Vous le connaissez bien ? Il a déjà eu des tas d'histoires... Bon. Eh bien, venez vite, Lou. J'ai déjà téléphoné à Chester Conway, et il arrive par avion de Fort Worth ce matin même. Je vous ai fait mousser... Je lui ai dit comment nous avions travaillé ensemble sur votre hypothèse et... et que nous étions sûrs dès le début qu'Elmer n'était pas coupable. Il est ravi, naturellement. Bon Dieu, si nous arrivons à obtenir des aveux…

— J'arrive. Je viens tout de suite, Howard !

Je gardai un instant le doigt sur le crochet du récepteur, en me demandant ce qui s'était passé, ce qui avait bien pu se passer. Puis j'appelai Lucille. Ses parents n'étaient pas encore couchés ; elle ne pouvait donc s'expliquer librement. Une chance ! Je lui fis comprendre que j'avais réellement envie de la voir — et c'était vrai — et que je ne serais pas retenu trop longtemps.

Je raccrochai, sortis mon portefeuille et le vidai sur la table.

Je n'avais eu aucun billet de vingt dollars à moi. Rien que les vingt-cinq billets que m'avait donnés Elmer. Et quand je m'aperçus que cinq d'entre eux avaient disparu, je fus pris de vertige. Je me rappelai alors que j'en avais utilisé quatre à Fort Worth, pour mon billet de chemin de fer ; je n'en avais changé qu'un à Central City, là où ça pouvait être dangereux. Un seul… remis à Johnnie Pappas. Donc…

Donc je pris ma voiture et me rendis au palais de justice.

Howard m'attendait. Il me prit par le bras et m'entraîna aussitôt dans son bureau.

— Quelle chance, quel coup de veine, hein, Lou ? Il en trépignait de joie.

— Laissez-moi vous dire comment vous allez vous y prendre. Voilà. Vous allez commencer par lui parler gentiment, vous voyez ce que je veux dire, pour endormir sa méfiance. Après, vous vous mettez à lui serrer la vis. Dites-lui que, s'il veut bien se montrer compréhensif, on s'arrangera pour le tirer d'affaire en plaidant les coups et blessures entraînant la mort sans intention de la donner. Ce sera impossible, naturellement, mais ce que vous lui raconterez ne risquera pas de me lier les mains, à moi. Autrement, vous lui dites que ce sera la chaise électrique. Il a dix-huit ans, dix-huit ans bien sonnés, alors…

Je le regardai, bouche bée. Il se méprit et me donna une bourrade dans les côtes.

— Allons, allons ! Ce n'est pas à moi de vous dire ce qu'il faut faire. Je sais bien comment vous traitez ces gamins ; est-ce que je n'ai pas… ?

— Vous ne m'avez encore rien dit, protestai-je. Je sais bien que Johnnie n'est pas un enfant de chœur, mais je n'arrive pas à voir en lui un assassin. Qu'est-ce que vous êtes censé avoir retenu contre lui ?

— Ce que je suis censé… ? Mon œil ! Nous avons… Eh bien, voilà quelle est la situation, Lou. Elmer a porté dix mille dollars chez cette petite grue. Il est censé avoir emporté cette somme. Mais quand nous avons compté les billets, il manquait cinq cents dollars…

— Sans blague ?

C'était bien ce que j'avais pensé. Ce sacré Elmer n'avait pas voulu avouer qu'il ne possédait pas un rotin à lui.

— Nous avons d'abord pensé, Bob et moi, qu'Elmer avait probablement été rétamé dans une partie de poker ou de dés. Mais les billets étaient tous marqués, voyez-vous, et le vieux avait déjà avisé les banques locales. Si la fille avait essayé de rester en ville après avoir touché les fonds, il lui serait tombé sur le paletot et l'aurait accusée de chantage… Ce sacré Conway, quand même ! Il ne se laisse pas mener en bateau !

— Et c'est Johnnie qui a dépensé cet argent-là ?

— Un billet de vingt. Il l'a changé hier soir dans un drugstore. Le billet est arrivé à la banque ce matin et l'enquête nous a permis de découvrir que c'était lui qui l'avait remis au drugstore. Nous l'avons ramassé il y a deux ou trois heures. Et maintenant...

— Comment savez-vous si Elmer n'a pas dépensé personnellement cet argent ou ne l'a pas perdu au jeu ? Ces billets ne commencent peut-être à circuler que depuis aujourd'hui ?

— C'est le seul et unique billet. Alors... Attendez, Lou. Une minute, que je vous explique tout, on gagnera du temps. J'étais tout prêt à croire qu'il avait reçu ce billet par hasard, en tout innocence Il prélève lui-même sa paie au garage où il travaille et, par une curieuse coïncidence, il touche tout juste vingt dollars pour ses deux nuits de service. Donc, ça paraissait normal, si vous voyez ce que je veux dire ? Il pouvait très bien avoir pris les vingt dollars dans la caisse pour se régler lui-même. Mais il n'a pas pu nous dire ça, parce que c'était une impossibilité absolue, tiens ! Il n'a pas voulu ouvrir la bouche. Vous comprenez, il y a bien peu de voitures qui s'arrêtent chez Murphy entre minuit et huit heures du matin. Il se serait rappelé quelqu'un qui lui aurait remis un billet de vingt. Dans ces conditions nous aurions pu interroger le ou les clients en question ; et si son innocence avait été établie de la sorte, nous l'aurions évidemment relâché.

— Le billet était peut-être déjà dans la caisse quand il a pris son service ?

— Vous voulez rire ? Un billet de vingt dollars en guise de petite monnaie ? Allons donc ! Quant à Murphy, nous avons vérifié, son alibi est à toute épreuve. Tandis que le gosse ! De neuf heures du soir, dimanche, jusqu'à onze heures, on ne peut pas savoir ce qu'il a fait. Nous n'avons rien pu trouver et il ne veut rien dire… Oh ! c'est du cousu main, Lou, à tous les points de vue. Prenez les crimes eux-mêmes, cette fille réduite en chair à pâté : il n'y a qu'un gosse à moitié dingue qui ferait ça. Et l'argent. Cinq cents dollars seulement de pris, sur dix mille. Un môme est affolé par une somme pareille ; alors il s'empare d'une liasse ou deux et il laisse le reste. C'est classique. Encore un truc de gosse !

— Bien sûr, murmurai-je. Bien sûr, probable que vous avez raison, Howard. Vous pensez qu'il a planqué tout le reste dans un coin ?

— Oui, ou alors il a eu peur et il l'a jeté. C'est du tout cuit, Lou. Jamais je n'ai vu quelque chose d'aussi évident. S'il tombait raide mort tout de suite, je considérerais ça comme un jugement de Dieu, et pourtant je ne suis pas dévot !

Ma foi, ça se tenait. Il venait de tout expliquer, noir sur blanc.

— Alors, remuez-vous un peu, Lou. On l'a bouclé au « mitard », mais on ne l'a pas encore inculpé ; on ne fera ça que lorsqu'il aura avoué. Je ne tiens pas à ce qu'un débardot à la manque vienne lui rappeler ses droits à ce stade de l'affaire.

J'hésitai, puis je répondis :

— Non, bien sûr. Ce ne serait pas très malin. Nous n'aurions rien à y gagner… Bob est au courant ?

— Pourquoi l'embêter ? Il ne peut rien faire.

— Ma foi, je me disais qu'on devrait peut-être lui demander si on me permettrait d'aller…

— D'aller parler au prisonnier ? Pourquoi voulez-vous que ce ne soit pas permis ?… Ah ! je vous comprends, allez. C'est un gosse ; vous le connaissez bien. Ça vous gêne. Mais c'est un assassin, Lou ! Un gars qui a tué de sang-froid ! Ne l'oubliez pas. Pensez à tout ce que cette pauvre fille a dû souffrir pendant qu'il lui réduisait la tête en bouillie. Vous avez vu sa figure ? De la chair à pâté, un hamburger tout cru…

— Assez ! fis-je. Je vous en prie !

— Oui, Lou, bien sûr, je comprends, dit-il en m'enlaçant les épaules. Excusez-moi. J'oublie tout le temps que vous n'avez jamais été très endurci pour ce genre de choses. Alors ?

— Ma foi, autant régler ça tout de suite.

Je descendis au sous-sol où se trouvait le violon municipal. Le porte-clés m'ouvrit la grille et la referma derrière moi. Et il me fit passer devant la salle d'écrou et les cellules ordinaires pour me conduire devant une lourde porte d'acier munie d'un petit judas. Je regardai à l'intérieur mais je ne pus rien voir.

Il entrebâilla la porte ; je me glissai par l'intervalle. Le porte-clés la claqua derrière moi. Je m'y adossai un instant, en clignant des yeux dans la pénombre. Puis j'entendis quelque chose grincer et une silhouette se leva et se dirigea vers moi d'un pas chancelant.

Il me tomba dans les bras. Je le serrai contre moi et lui tapotai le dos pour le consoler.

— Allons, Johnnie ! Ne te fais pas de bile. Ça va s'arranger.

— Bon Dieu, Lou… Bon Dieu… Je… Je savais

que vous viendriez, qu'ils vous enverraient chercher. Mais ça a duré si longtemps, si longtemps... Je commençais à me dire que peut-être vous alliez...

— Tu me connais bien, pourtant, Johnnie. Tu sais tout le bien que je pense de toi.

— B... bien sûr !

Il aspira une grande goulée d'air et souffla lentement, comme un type qui reprend pied, après avoir nagé trop longtemps.

— Vous n'auriez pas une cigarette, Lou ? Ces salauds-là m'ont pris toutes mes...

— Chut ! chut ! Ils ne faisaient que leur devoir, Johnnie. Tiens, prends un cigare, j'en fumerai un avec toi.

Je m'assis avec lui sur le bat-flanc et craquai une allumette pour nos deux cigares. Je secouai ensuite l'allumette pour l'éteindre et chacun se mit à tirer sur son cigare. La lueur nous éclairait la figure, par intermittence.

— Mon paternel va en faire une maladie, dit-il avec un petit rire nerveux. Il va bien falloir qu'on le mette au courant, hein ?

— Oui, hélas ! j'en ai bien peur, Johnnie.

— Quand est-ce que je pourrai partir ?

— Bientôt. Ça ne va pas durer longtemps, à présent. Où étais-tu dimanche soir ?

— Au cinéma. (Il aspira une bonne bouffée de fumée. Je vis ses mâchoires se crisper.) Qu'est-ce ça peut faire ?

— Tu sais ce que je veux dire, Johnnie. Où es-tu allé après le cinéma, avant de te rendre à ton travail ?

— Eh bien... Je ne vois pas ce que ça peut avoir à

faire avec cette histoire. Je ne vous ai pas demandé, moi, où vous aviez...

— Tu pourrais me le demander, Johnnie. Probable que tu ne me connais pas aussi bien que je le croyais. Est-ce que je n'ai pas toujours été régulier avec toi ?

— Ah ! oui, bon sang ! C'est vrai, Lou, murmura-t-il tout contrit. Vous savez ce que je pense de vous, mais... Bon. D'accord ! Je vous l'aurais finalement raconté, un jour ou l'autre. Voilà ce qui s'est passé. J'avais dit à mon vieux que j'avais ce rencard vachement intéressant mercredi, mais j'étais embêté à cause de mes pneus. Je savais où je pourrais m'en acheter une paire de bons pour pas cher ; je lui avais promis de le rembourser tous les huit jours, jusqu'à ce que je les aie payés. Et alors...

— Voyons, que j'essaie de bien mettre ça au clair. Tu avais besoin de pneus pour ta vieille bagnole et tu as voulu emprunter de l'argent à ton père ?

— Bien sûr ! C'est ce que je vous dis. Et vous savez ce qu'il a répondu, Lou ? Il m'a dit que je n'avais pas besoin de pneus, que je traînais trop. Je n'avais qu'à amener la fille à la maison ; maman nous ferait une glace à la vanille et on jouerait aux cartes, ou je ne sais quoi ! Vous vous rendez compte ! (Il se mit à secouer la tête d'un air ahuri.) On ne croirait jamais qu'il soit possible de devenir idiot à ce point-là !

J'eus un petit rire discret.

— Mais tu as fini par avoir tes deux pneus, j'imagine, hein ? Tu les as peut-être barbotés sur une voiture en stationnement ?

— Ma foi... pour tout vous dire, Lou, j'en ai pris quatre. Ce n'était pas mon intention, mais je savais où je pourrais en bazarder deux assez vite ; alors, ma foi...

— Je vois. Une fille pas commode à dégoter ; tu tenais à être sûr d'arriver à tes fins avec elle. Une gosse tout ce qu'il y a de formid, sans doute...

— A se tap ! De première bourre ! On ne peut pas imaginer mieux.

Je ris encore, et il m'imita. Puis le silence retomba, assez pénible. Il se balança d'un pied sur l'autre, l'air gêné.

— Je sais à qui appartient la voiture, Lou. Dès que ça se sera arrangé, je lui enverrai l'argent des pneus.

— Ce n'est pas grave, Johnnie. Ne te tracasse pas pour ça.

— Est-ce que nous... ? Je peux... ?

— Dans un petit moment. Tu vas partir dans quelques minutes, Johnnie. Juste quelques formalités auparavant.

— Ah ! bon sang ! Qu'est-ce que je serais content de sortir d'ici ! Je ne sais pas comment des types peuvent supporter ça ! Moi, je deviendrais dingue, à force !

— Tout le monde en devient dingue, dis-je. Ça les rend fous... Tu devrais peut-être t'étendre un moment, Johnnie. Allonge-toi sur ta couchette. J'ai encore un mot à te dire...

— Mais...

Il se tourna vers moi, pour essayer de me voir le visage.

— Fais ce que je te dis. L'air devient vite mauvais quand on est deux comme ça à se balader...

— Mais... Oh ! bon ! D'accord...

Il s'allongea et poussa un profond soupir.

— Lou… c'est marrant, ce n'est plus du tout la même chose quand on peut parler à quelqu'un… A quelqu'un comme vous, qui vous comprend. Quand on a cette chance-là, on supporte presque tout.

— Oui. Ça fait une sacrée différence, et… Bon. Tu ne leur as pas dit que c'était moi qui t'avais payé avec ce billet de vingt dollars, non ?

— Ben merde, alors ! Vous ne voudriez tout de même pas, dites ! Pour qui me prenez-vous ? Je les emmerde, moi, tous ces gars-là !

— Pourquoi ? Pourquoi tu ne leur as pas dit ?

— Ma foi… Eh bien, je me suis dit… comme ça… Oh ! vous savez bien, Lou. Elmer traînait dans un tas de boîtes pas très comme il faut ; je me suis dit que peut-être… enfin, quoi, je sais que vous ne gagnez pas beaucoup et vous êtes tout le temps en train d'en balancer aux autres ; alors, si quelqu'un vous refile un billet en douce…

— Je vois. Mais je n'accepte pas de pots-de-vin, Johnnie.

— Il ne s'agit pas de pots-de-vin ! protesta-t-il. Pas question de ça ! Seulement, je ne voulais rien leur dire tant que vous n'auriez pas trouvé un joint pour… Tant que vous vous seriez pas rappelé où vous l'aviez trouvé.

Je me tus, l'espace d'une minute. Je me contentai de songer à ce gamin, que tout le monde prenait pour un vaurien, un petit voyou, et à quelques autres personnes de ma connaissance.

— Je regrette que tu n'aies rien dit, Johnnie. Tu as eu tort.

— Alors, vous croyez qu'ils vont être furieux ? Je m'en fous pas mal, moi. Qu'ils aillent se faire voir.

Mais vous, vous êtes régule ; vous êtes un type de confiance.

— Tu crois ? Comment peux-tu savoir si je suis comme ça, Johnnie ? Comment peut-on être sûr de quelque chose ? Nous vivons dans un monde tordu, fiston, dans une drôle de civilisation. Les policiers y jouent aux truands, et les voyous font le boulot de la police. Les hommes politiques se mettent à jouer aux clergymen et les pasteurs à tâter de la politique. Quant aux percepteurs, ils perçoivent pour leur propre compte… Les « Méchants » voudraient qu'on ait tous plus de fric, et les « Bons » se bagarrent pour nous empêcher d'en avoir. Il paraît que ça ne vaudrait rien pour notre santé. Si chacun mangeait à sa guise, on chierait trop. Ça provoquerait une inflation dans l'industrie du papier-cul ! Moi, c'est comme ça que je vois les choses. La plupart des arguments que j'entends répéter autour de moi sont à peu près de cet acabit.

Il se mit à glousser et laissa tomber le mégot de son cigare sur le ciment.

— Bon sang, Lou ! Je dois dire que j'aime bien vous entendre parler. Vous ne m'avez jamais causé comme ça auparavant, mais il commence à se faire tard et…

— C'est vrai, Johnnie, soupirai-je. Nous vivons dans un monde bougrement tordu, un monde de salauds et j'ai bien peur que ça ne change pas. Et je vais te dire pourquoi. Parce que personne, presque personne ne trouve rien à y redire. Ils ne voient pas que ça va mal, alors ils ne s'inquiètent pas. Ce qui les tourmente, c'est les gosses comme toi… Enfin ! T'as peut-être eu raison. Ça vaut peut-être mieux. Parce que ça risque d'aller de plus en plus mal, fiston, et, moi, je sais à quel point c'est allé mal dans le temps.

— Je… Je ne…

— C'est moi qui l'ai tuée, Johnnie. Je les ai tués tous les deux. Et ne va pas me raconter que je n'aurais jamais pu faire ça, que je ne suis pas un type comme ça, parce que tu ne peux pas savoir, toi !

— Je… (Il voulut se hausser sur un coude, puis il se rallongea.) Je suis bien sûr que vous aviez une bonne raison, Lou. Je suis bien sûr qu'ils l'avaient bien cherché et qu'ils le méritaient.

— Personne ne mérite ça, petit. Mais j'avais une raison, oui.

Très vaguement, dans le lointain, j'entendis comme le mugissement d'un fantôme. C'était la sirène de la raffinerie qui annonçait le changement des équipes. Je m'imaginais les ouvriers arrivant à leur boulot et ceux de l'autre équipe qui sortaient à pas pesants. Ils jetaient leur gamelle dans leur voiture et rentraient chez eux. Ils jouaient avec leurs gosses, buvaient de la bière en regardant la télévision et sautaient leur femme… Tout à fait comme si de rien n'était. Comme si un môme n'était pas en train de mourir, et un homme, une moitié d'homme, en tout cas, en train de crever avec lui.

— Lou…

— Oui, Johnnie.

Il me dit alors, et c'était une affirmation, pas une question :

— Vous… Vous voulez dire… que je… que je devrais me laisser accuser à votre place ? Je…

— Non, fis-je. Ou plutôt : oui.

— Je ne… ne… sais pas… Lou ! Je ne peux pas !

Oh ! mon Dieu, Jésus, je ne peux pas ! Je ne pou... pourrai jamais !

Avec douceur, je le forçai à se rallonger sur le bat-flanc. Je lui ébouriffai les cheveux ; d'une pichenette je lui relevai le menton.

— Il y a le temps de paix, récitai-je, et le temps de guerre. Un temps pour semer et un temps pour récolter. Un temps pour vivre et un temps pour mourir...

— Lou !

— Ça me fait mal, petit. Plus mal qu'à toi.

D'un coup sec, je lui abattis le tranchant de ma main sur le larynx. Puis je me penchai et dégrafai sa ceinture...

Je me mis à tambouriner sur la porte d'acier, et au bout d'une minute, le porte-clés s'amena. Il entre-bâilla le panneau d'acier et je me glissai dans le couloir. Puis il fit claquer la porte bruyamment.

— Il vous en a fait voir, hein ?

— Non. Il a été tour ce qu'il y a de paisible. Je crois que l'affaire est tirée au clair.

— Il va parler, hein ?

— Ce ne sera pas le premier, grommelai-je en haussant les épaules.

Je remontai et racontai à Howard Hendricks que j'avais eu une longue conversation avec Johnnie et qu'à mon avis il ne tarderait pas à passer des aveux.

— Laissez-le simplement tranquille une heure ou deux, conseillai-je. J'ai fait tout ce que j'ai pu. Si je n'ai pas réussi à lui montrer le droit chemin, c'est vraiment qu'il ne le trouvera jamais.

— Certainement, Lou, certainement. Je connais

votre réputation. Vous voulez que je vous téléphone, quand je l'aurai vu ?

— Oui, j'aimerais bien. Je suis vraiment curieux de savoir ce qu'il vous racontera.

XIII

Tout paraissait normal. Les rideaux étaient tirés, la porte de la salle de bains à peine entrouverte pour laisser filtrer un peu de lumière ; vautrée sur le ventre, elle dormait. Tout semblait normal ; mais ce n'était qu'une apparence. En fait, c'était encore une de ces fois où j'avais eu ma crise.

Lucille se réveilla pendant que je me déshabillais ; de la monnaie était tombée de ma poche sur le plancher. Elle se redressa, se frotta les yeux et s'apprêta à dire quelque chose de désagréable. Mais je ne sais pas trop pourquoi, elle m'adressa un sourire que je lui rendis. Je la pris dans mes bras, m'assis sur le lit et la serrai contre moi. Je l'embrassai. Elle ouvrit la bouche, et ses bras se nouèrent sur ma nuque.

C'est comme ça que ça a commencé. La vie continuait.

Finalement, on se retrouva étendus côte à côte, serrés l'un contre l'autre ; d'un bras elle m'enlaçait la taille et je faisais de même pour elle. Nous étions inertes, épuisés, haletants. Mais nous nous désirions encore, nous aspirions à encore autre chose… Ça ressemblait bien plus à un début qu'à une fin.

Elle se nicha au creux de mon épaule. C'était délicieux. Je n'avais pas envie de la repousser. Elle me chuchota dans l'oreille, d'une petite voix plaintive :

— Je suis fâchée, tu sais. Tu m'as fait mal…

— C'est vrai, mon chou ? Pardonne-moi, je ne…

— Très mal… Là… Embrasse-le…

— Je suis désolé…

Elle me ferma la bouche d'un baiser, et souffla :

— Non, pas vraiment fâchée…

Elle se tut un moment ; elle attendait, semblait-il, que je dise quelque chose. Que je fasse quelque chose. Elle se serrait contre moi, en se tortillant, la figure cachée contre mon épaule.

— Mais je sais quelque chose, murmura-t-elle.

— Quoi donc, mon chou ?

— Ta vasec… Ton opération.

— Oui ? Qu'est-ce que tu crois savoir ?

— Ça s'est fait tout de suite… tout de suite après que Mike…

— Qu'est-ce que Mike vient faire là-dedans ?

— Chéri, dit-elle en me caressant l'épaule de ses lèvres. Je m'en fiche, tu sais. Ça m'est bien égal. Mais c'est à ce moment-là, pas vrai ? Ton père s'est… inquiété et… ?

Lentement, je laissai échapper un long soupir. Si ç'avait été un tout autre soir, j'aurais été ravi de lui tordre le cou, mais ce fut l'une des rares fois où je n'en avais pas envie.

— C'était à peu près à la même époque, oui, si j'ai bonne mémoire. Mais je ne vois pas du tout le rapport.

— Chéri…

— Oui ?

— Pourquoi crois-tu que des gens… ?

— Je n'en sais foutre rien. C'est un truc que je n'ai jamais compris.

— Est-ce que certaines femmes ne… Je parie que tu trouverais ça affreux si…

— Si quoi ?

Elle se colla contre moi ; elle était toute brûlante. Soudain elle frissonna et se mit à pleurer.

— Je… je… t'en supplie… Lou… Ne m'oblige pas à te le demander. Mais rien qu'…

Je ne me fis donc pas prier.

Longtemps après, alors qu'elle pleurait toujours mais sur un tout autre ton, le téléphone sonna. C'était Howard Hendricks.

— Mon petit Lou, s'écria-t-il, vous avez réussi ! Vous avez gagné ! Vous avez réussi à le convaincre !

— Il a signé des aveux ?

— Mieux que ça, mon vieux ! Il s'est pendu dans sa cellule ! Avec sa ceinture ! Ça prouve qu'il était coupable, sans qu'on ait à s'emmerder au tribunal, à faire des tas de singeries aux frais du contribuable et tout le bazar ! Bon Dieu ! Lou, je voudrais être auprès de vous pour vous serrer la main !

Il s'interrompit, pour essayer de calmer son exultation méchante et reprit plus posément :

— Lou, je veux que vous me promettiez de ne pas prendre mal ce que je vais vous dire. Mais il ne faut pas vous faire de bile pour ça. Un être pareil ne méritait pas de vivre. Il est bien plus tranquille mort que vivant.

— Oui, c'est vrai. Ça se peut bien.

Je me débarrassai de lui et raccrochai. Et tout de suite, le téléphone resonna. Cette fois, c'était Chester Conway qui m'appelait de Fort Worth.

— Beau travail, Lou ! Excellent boulot ! Bravo ! Je suppose que vous comprenez ce que ça représente pour moi. J'imagine que je m'étais trompé sur...

— Oui ?

— Non, rien. Ça n'a plus d'importance à présent... A un de ces jours, petit !

Je raccrochai ; mais la sonnerie retentit une troisième fois. C'était Bob Maples. Il me parla d'une voix chevrotante ; je l'entendais à peine :

— Je sais à quel point tu tenais à ce gamin, Lou. Je suis sûr que t'aurais préféré que ça t'arrive à toi plutôt qu'à lui, hein ?

Préféré ?

— Oui, Bob. Ç'aurait mieux valu, certainement !

— Tu ne veux pas venir à la maison ? Faire une partie de dames avec moi, ou ce que tu voudras ? Il ne faut pas que je me lève, sans quoi je serais bien venu te tenir compagnie.

— Je... Eh bien, merci, Bob. Merci beaucoup, vous êtes chic. Mais vaut mieux pas.

— Comme tu veux, fils. Si tu changes d'idée, tu n'as qu'à venir. A n'importe quelle heure.

Lucille avait écouté toutes ces conversations. Impatiemment, avec curiosité. Je raccrochai et allai me jeter sur le lit. Elle se redressa et s'assit à côté de moi.

— Pour l'amour du Ciel ! Qu'est-ce que c'était que tout ça, Lou ?

Je lui racontai ce qui s'était passé. Pas la vérité, naturellement, mais ce qui était censé être la vérité. Elle battit des mains.

— Oh ! chéri ! Mais c'est merveilleux ! Mon Lou

qui a trouvé la solution de l'affaire ! Est-ce que tu vas toucher une prime ?

— Pourquoi ? Pense un peu à tout l'amusement que ça m'a valu !

— Oh ! alors...

Elle s'écarta un peu, et je crus qu'elle allait m'incendier. Probable qu'elle en avait envie. Mais elle avait encore plus envie d'autre chose.

— Pardon, Lou. Tu aurais de bonnes raisons d'être furieux contre moi, tu sais.

Elle se rallongea, se tourna sur le ventre, les jambes et les bras écartés. Puis elle s'étira un bon coup, attendit un instant et murmura :

— Très, très fâché...

Bien sûr ; je sais bien... A d'autres ! Allez dire à un camé de ne plus se piquer. Dites-lui que ça va le faire crever et voyez un peu si ça l'empêche de continuer !

Elle en eut pour son argent.

XIV

Avec tout ce mouvement que je m'étais donné, j'avais pas mal transpiré ; comme j'étais à poil, j'ai attrapé un sale rhume. Oh ! pas si grave que ça. Pas de quoi me rendre vraiment malade. Mais je n'étais pas d'attaque pour aller traîner en ville. J'ai été obligé de rester huit jours au lit. Et pour moi, c'était un peu une veine, si l'on peut dire.

Comme ça, au moins, je n'étais pas forcé de causer avec un tas de gens, de les écouter me poser des questions imbéciles en me donnant de grandes tapes dans le dos. Je n'avais pas à aller à l'enterrement de Johnnie Pappas, ni à rendre visite à ses parents comme je m'y serais cru obligé en temps normal.

Quelques collègues passèrent me voir et Bob Maples me rendit visite lui aussi, une ou deux fois. Il avait toujours assez mauvaise mine et paraissait brusquement vieilli de dix ans. Nous nous sommes bien gardés de parler de Johnnie ; on n'aborda que des questions banales d'ordre général et ces visites se passèrent assez bien. Il n'y eut qu'une chose qui m'inquiéta un peu. C'était lors de la première — non, de la deuxième — visite du shérif, je crois bien.

— Lou, me dit-il, pourquoi diable ne quittes-tu pas le patelin ?

— Le quitter ?

J'en fus très surpris. Nous étions tranquillement en train de fumer tout en bavardant de choses et d'autres, et voilà que brusquement il me sort ça !

— Pourquoi voulez-vous que je m'en aille ?

— Pourquoi es-tu resté si longtemps ici ? reprit-il. Pourquoi as-tu voulu porter l'insigne ? Pourquoi n'es-tu pas devenu médecin comme ton papa ? Tu aurais quand même pu faire quelque chose de mieux que ça, dans ta vie !

Je secouai la tête, les yeux baissés sur ma couverture.

— Je ne sais pas, Bob. Probable que je suis trop flemmard.

— Il y a un tas de choses que t'aurais pu faire. T'es loin d'être fauché, petit. Tu pourrais tirer une fortune de tous ces biens.

— Bob, vous cherchez à vous débarrasser de moi ?

— Tu trouves ça, hein ? dit-il en souriant. Probable que j'ai trop réfléchi, quand j'étais couché tout seul à la maison. A des choses qui ne me regardaient pas... Le fait est, ajouta-t-il avec un petit rire que c'est un peu toi qui m'as incité à penser à ça, Lou. Tu l'as cherché, si l'on peut dire.

Je le regardai, l'air surpris, puis je souris.

— Je plaisantais, vous savez. Faites pas attention.

— Oui, bien sûr. Nous avons tous nos petites bizarreries... Je pensais que peut-être tu en avais, comme qui dirait, plein les bottes du pays et que...

— Bob, dis-je, qu'est-ce que Conway vous a donc raconté, là-bas, à Fort Worth ?

— Ce qu'il m'a raconté ? Ma foi... Je ne m'en souviens même plus, tiens. Bon, ben, je crois que je vais m'en aller...

— Il a dit quelque chose. Il a dit ou fait quelque chose qui ne vous a pas fait plaisir du tout.

— Tu crois ça, hein ? (Il haussa les sourcils, les laissa retomber et se leva. En riant, il remit son grand chapeau.) N'y pense plus, Lou. Ça n'avait aucune importance, et ça n'en a plus du tout maintenant.

Il s'en alla et, comme je l'ai dit, ça m'a tourmenté un moment. Mais après avoir pris le temps de réfléchir, je me suis dit que je me faisais de la bile pour rien. Tout avait l'air de s'arranger pas trop mal pour moi.

Je ne demandais pas mieux que de quitter Central City. Ça faisait longtemps que j'y songeais. Mais Lucille avait trop d'importance pour que j'agisse contre sa volonté. Je ne tenais pas du tout à contrarier Lucille.

Cependant, si jamais il lui arrivait quelque chose — et il allait certainement lui arriver quelque chose — il est bien évident que je ne tiendrais plus du tout à rester dans le secteur. Ce serait plus que n'en pourrait supporter un garçon sensible comme moi. D'ailleurs rien ne me retiendrait plus au pays. Alors je partirais, et tout semblerait parfaitement naturel. Personne ne s'en étonnerait.

Lucille venait me voir tous les jours ; le matin, elle passait quelques minutes en allant à son école, puis elle rappliquait dans la soirée. Elle se gardait bien de rouspéter et de m'asticoter. Au contraire, elle était toute rougissante, toute timide et même un peu honteuse. Et elle avait du mal à s'asseoir...

Deux ou trois fois, elle se fit couler un bain chaud et y resta à tremper ; je m'asseyais près d'elle et je la regardais en me disant à quel point elle ressemblait à l'autre. Ensuite, elle se couchait dans mes bras, sans plus, car c'était à peu près tout ce que nous étions capables de faire. J'arrivai presque à m'imaginer que j'étais avec l'autre.

J'étais heureux que Lucille ne me parle plus de mariage ; elle avait peur de provoquer une dispute, probable.

Je m'étais déjà trouvé aux prises avec trois morts. Et une quatrième arrivant encore par là-dessus, ça ferait vraiment bizarre. Il fallait attendre un peu. D'ailleurs, je n'avais pas encore mis au point un moyen sûr de la tuer.

De toute façon, il faudrait bien en arriver là, dès que ça pourrait se faire sans trop de risques. Il n'y avait pas d'autre moyen d'en sortir. Cette certitude, d'ailleurs, aplanit pour moi bien des difficultés. Je cessais de me faire du mauvais sang ou plutôt de songer à cette perspective. Je m'efforçai d'être encore plus gentil avec elle. Elle me portait sur les nerfs, à tourner toujours autour de moi. Mais elle n'allait plus me traîner bien longtemps dans les jambes. Je me disais donc qu'il fallait que je sois plus gentil avec elle.

J'étais tombé malade un mercredi. Le mercredi suivant, j'étais levé ; j'emmenai Lucille à un service religieux. Comme elle était institutrice, elle devait plus ou moins se montrer dans ce genre de manifestations, de temps en temps, et moi j'aimais bien ça. J'y glanais quelques-uns de mes meilleurs dictons. Pendant le prêche, je murmurai des gaudrioles à Lucille. Elle me donna un coup de pied dans les chevilles, et rougit jusqu'aux oreilles. Je lui demandai encore à voix basse si elle aimerait bien que je m'en-Sinaï dans son « Buisson Ardent ». Je lui dis aussi que j'allais pénétrer dans son sein et l'oindre de mes précieuses et saintes huiles !

Elle devenait de plus en plus rouge, et elle avait les larmes aux yeux, mais ça la rendait mignonne à voir. Finalement, elle se plia en deux, le nez dans son livre de cantiques. Elle trembla, toussa, renifla ; le pasteur finalement se haussa sur la pointe des pieds pour voir d'où venait tout ce raffut.

Ce fut l'un des meilleurs services de semaine auxquels j'aie jamais assisté !

En rentrant, je m'arrêtai pour acheter une glace portative. Tout le long du chemin, Lucille n'arrêtait pas de pouffer et de glousser.

Pendant que je faisais du café, elle mangea la glace ; j'en pris une cuillerée et la pourchassai tout autour de la cuisine. Quand j'eus réussi à l'attraper, je lui mis la glace dans la bouche, et non dans son décolleté comme je l'en avais menacée. Il en était tombé une goutte sur son nez ; je la bus dans un baiser.

Aussitôt, elle me jeta les bras autour du cou et se mit à pleurer.

— Mon chou, m'écriai-je, mon chou, ne pleure pas. Je voulais seulement te taquiner. C'était pour jouer...

— Espèce de... de grand...

— Je sais. Ne le dis pas. Ne nous disputons plus jamais !

— Mais tu... tu ne... (Elle me serra plus fort, et leva les yeux vers moi. Elle souriait à travers ses larmes.) Tu ne comprends donc pas ? Je suis si heureuse, Lou ! Si heureuse que je ne peux pas le sup… le supporter !

Elle se remit à sangloter.

Nous laissâmes la glace et le café. Je la soulevai dans mes bras et la portai dans le bureau de mon père, où je m'assis dans le grand fauteuil de cuir avachi, avec Lucille sur les genoux. Nous sommes restés ainsi dans le noir, jusqu'au moment où il lui fallut rentrer chez ses parents. Nous n'en désirions pas davantage. Cela semblait nous suffire. Effectivement, ça nous suffisait.

Ce fut une bonne soirée, malgré un petit incident.

Elle m'avait demandé si j'avais revu Chester Conway et je lui avais dit que non. Elle répondit qu'elle trouvait ça très bizarre, qu'il ne soit même pas passé me dire bonjour, après tout ce que j'avais fait pour lui. A ma place, elle lui en ferait la remarque.

— Mais je n'ai rien fait pour lui ! répliquai-je. Ne parlons donc plus de tout ça !

— Bon, bon, calme-toi ! dit-elle. N'ouvre plus la bouche…

Elle éclata encore de rire. Ce fut une bonne soirée, après tout.

Effectivement, c'était plutôt curieux, l'attitude de Conway…

XV

Combien de temps devais-je attendre ? Toute la question était là. Combien de temps pouvais-je attendre ? Pendant combien de temps pourrais-je intervenir sans trop de risques ?

Lucille ne m'asticotait plus. Elle était encore intimidée et méfiante, et retenait de son mieux sa langue de vipère, encore qu'elle n'y réussît pas toujours très bien. J'avais l'impression que je pouvais faire traîner indéfiniment la question mariage, mais Lucille... Non, ce n'était pas elle. Il y avait autre chose... Je ne pouvais pas mettre le doigt dessus mais j'avais l'impression d'être traqué. Et je n'arrivais pas à me raisonner, à me rassurer.

Tous les jours j'en devenais de plus en plus convaincu.

Conway n'était pas venu me voir et ne m'avait pas téléphoné, mais ça ne voulait rien dire. Rien du tout. Il était très occupé. Il ne s'était jamais soucié de personne, sinon de son fils et de soi-même. C'était le gars à vous laisser froidement tomber une fois qu'on lui avait rendu un service, quitte à revenir vous chercher s'il avait encore besoin de vous.

Il était retourné à Fort Worth et n'en était pas

revenu. Mais c'était normal, aussi. La Conway Construction avait d'importants bureaux à Fort Worth. Il faisait de longs séjours dans cette ville.

Bob Maples ? Ma foi, il ne me paraissait pas tellement changé. Je l'observais au fur et à mesure que les journées passaient, et je ne décelais en lui rien d'inquiétant. Il avait toujours bien mauvaise mine, mais effectivement il était vieux et malade. Il ne me disait pas grand-chose, mais il se montrait toujours poli et même affectueux. D'ailleurs, il n'avait jamais été bien bavard. Il était souvent resté des semaines, parfois davantage, sans qu'on pût tirer de lui le moindre mot.

Quant à Howard Hendricks... Ma foi, pour lui, c'était indiscutable. Il y avait vraiment quelque chose qui rongeait Howard.

Je l'avais rencontré le premier jour où j'avais recommencé à sortir, après ma grippe. Il gravissait le perron du palais de justice au moment où je descendais déjeuner. Il me salua, sans me regarder en face, en marmonnant un vague salut, un « Ça va, Lou ? » distrait.

Je m'arrêtai, et lui dis que je me trouvais mieux — pas encore complètement remis, certes, mais enfin je ne souffrais plus de rien de bien précis.

— Vous savez ce que c'est, Howard. C'est pas tant la grippe elle-même que les suites.

— Oui, c'est ce qu'on dit, grommela-t-il.

Je repris :

— C'est un peu façon de parler, comme ce que je dis toujours, rapport aux automobiles : c'est pas tant l'achat initial qui coûte cher que l'entretien. Mais probable que...

— Il faut que je file... A tout à l'heure !

Mais je n'allais pas le laisser s'en tirer aussi facilement. J'étais vraiment blanc comme neige, désormais. Je ne risquais plus d'être soupçonné ; alors je pouvais me permettre de lui lancer quelques pointes.

— Comme je vous le disais, c'est pas à moi de vous en raconter, question maladie, pas vrai, Howard ? Pas avec ce bout de schrapnel que vous avez dans le corps. J'ai une idée, Howard, pour l'utilisation de ce schrapnel. Vous pourriez vous faire des radios de la blessure et les imprimer au dos de vos tracts, lors de votre campagne électorale. Et puis, au verso, vous pourriez mettre un drapeau, avec votre nom écrit en lettres faites de petits thermomètres. Sans compter que vous pourriez y ajouter, aussi, un de ces pots de chambre d'hôpital — comment ça s'appelle, déjà ? — Ah ! oui, un urinal disposé la tête en bas, pour servir de point d'exclamation ! Au fait, où est-ce que vous disiez déjà qu'il est entré, ce schrapnel ? J'ai beau chercher, j'arrive jamais à me rappeler. Une fois, je le vois dans…

— Dans le cul ! répliqua-t-il en me regardant bien en face. Je l'ai dans le cul.

Je l'avais retenu par son revers, pour l'empêcher de se sauver. Il m'avait pris le poignet, sans me quitter des yeux, me détacha la main et la laissa tomber. Puis il tourna les talons et gravit les marches, les épaules lasses mais le pas encore vif. Depuis ce jour-là, nous n'avions plus échangé un mot. Il m'évitait et je lui rendais le même service.

Donc il y avait du pétard de ce côté-là ; mais pas de quoi m'inquiéter. Je lui avais balancé une sacrée vanne, et en y réfléchissant il avait dû deviner que je le mettais en boîte depuis longtemps. D'ailleurs, il avait encore un autre motif de me battre froid. Les élections auraient lieu en automne, et il se présenterait comme d'habitude. Son succès dans l'affaire Conway lui serait d'un sérieux secours et il tiendrait à profiter au maximum de cet avantage. Mais il serait quand même gêné à mon égard. Il allait s'arranger pour ne pas en partager la gloire avec moi, et il s'imaginait que je me mettrais en rogne. Alors il prenait les devants.

Donc, il n'y avait réellement rien d'inquiétant. Rien d'insolite chez lui, ni chez le shérif ni chez Conway. Il n'y avait rien... mais l'impression persistait et s'aggravait de jour en jour.

*

Je n'étais jamais retourné chez le Grec. J'avais même évité de passer dans la rue où se trouvait son restaurant. Mais je finis par aller faire un tour de ce côté-là. Quelque chose semblait orienter les roues de ma voiture dans cette direction ; et je me trouvai un beau jour arrêté juste en face.

On avait barbouillé les vitres de savon. Les portes étaient fermées, mais il me semblait entendre du bruit à l'intérieur, des coups de marteau, un brouhaha de voix...

Je descendis de voiture et restai appuyé contre une aile quelques instants. Puis je traversai le trottoir.

Sur l'une des doubles portes vitrées, il y avait un petit interstice, à hauteur d'homme, entre les barbouillages. J'y collai le visage, une main en visière, ou plutôt j'allais le faire quand la porte s'ouvrit brusquement et le Grec sortit.

— Excusez-moi, monsieur Ford, me dit-il. Je ne peux pas vous servir. Le restaurant n'est pas ouvert.

Je bredouillai que je n'avais pas l'intention de consommer.

— Je voulais simplement vous dire un mot en passant pour… pour…

— Quoi donc ?

— Je voulais venir vous voir. Je voulais déjà venir le soir même, dès que c'est arrivé, et je n'ai pas arrêté d'y penser depuis. Ça pesait sur ma conscience. Mais je n'ai pas pu m'y résoudre. Je n'osais pas vous regarder en face. Je savais ce que vous éprouveriez, ce que vous deviez ressentir et je ne voyais pas ce que je pourrais vous dire. Rien. Il n'y avait rien que je puisse dire ou faire. Parce que s'il… si j'avais pu faire quelque chose, rien ne serait arrivé.

C'était la vérité et Dieu — Oui, mon Dieu ! — que c'est beau, la vérité ! Il me regarda d'une façon que je ne tiens pas à qualifier. Et puis il eut l'air vaguement perplexe. Puis, brusquement, il se mordit la lèvre et se mit à contempler fixement le trottoir.

— Je suis content que vous soyez passé, Lou, murmura-t-il en relevant les yeux. C'est tout à fait de mise en l'occurrence. Par moments, j'ai eu le sentiment qu'il vous considérait comme son seul ami.

— Je faisais de mon mieux pour devenir son ami. Il n'y a guère de choses au monde auxquelles j'aie tenu davantage. Mais, je ne sais trop comment, je n'ai pas été à la hauteur. Je n'ai pas pu lui porter secours, justement quand il en avait le plus besoin. Mais je veux que vous sachiez une chose, Max. Je ne... Je ne lui ai pas fait de mal...

Il posa la main sur mon bras.

— Pas la peine de me dire ça, Lou. Je ne sais pas pourquoi... Qu'est-ce que... mais...

— Il avait l'impression d'avoir perdu son chemin. Comme s'il avait été seul au monde. Comme s'il avait perdu la cadence et ne parviendrait plus jamais à la retrouver...

— Oui. Mais... oui. Il avait toujours des histoires et il semblait toujours fautif...

De la tête, j'acquiesçai et il m'imita. Puis je fis signe que non et il m'imita encore. Nous étions là, tous les deux, à branler du chef sans rien dire. J'avais bien envie de m'en aller. Mais je ne savais trop comment m'y prendre. Finalement, je lui dis que je regrettais de le voir fermer son restaurant.

— S'il y a quelque chose que je puisse faire...

— Je ne le ferme pas. Pourquoi voudriez-vous que je ferme ?

— Ma foi, je pensais que...

— Je fais faire des transformations. Je fais poser des boxes avec des banquettes de cuir, je garnis le parquet d'un revêtement de luxe et on va m'installer un climatiseur. Johnnie aurait bien aimé ça. Il me l'avait suggéré plusieurs fois, mais je lui avais répliqué qu'il n'était guère qualifié pour me donner des conseils. Maintenant, on va avoir tout ça. Ce sera comme il voulait. Que voulez-vous ! C'est... c'est tout ce qu'on peut faire, désormais !

Je hochai la tête derechef, puis la secouai.

— Je voudrais vous poser une question, Lou, dit-il. Tâchez d'y répondre et de me dire la vérité.

— La vérité ?... Pourquoi je vous mentirais, Max ?

— Parce que vous pourriez penser que ça vous est impossible. Par esprit de corps, par fidélité à l'égard de vos collègues. Qui est allé voir Johnnie dans sa cellule après votre départ ?

— Ma foi... Il y a eu Howard, l'attorney du comté.

— Je sais. C'est lui qui l'a découvert. Il était accompagné d'un adjoint du shérif et du geôlier. Qui est-ce qui est venu encore ?

Mon cœur fit un petit blond. Peut-être que... Mais non, je ne pouvais pas faire ça. Je ne pouvais pas m'y résoudre.

— Je n'en ai pas la moindre idée, Max. Je n'étais pas là. Mais je puis vous assurer que vous vous trompez. Je connais ces types depuis des années. Ils ne feraient jamais une chose pareille. Pas plus que je ne le ferais moi-même !

C'était encore une fois la vérité. Il était bien obligé de la prendre comme telle. Je le regardai dans les yeux.

— Bon, soupira-t-il. On reparlera de tout ça, Lou.

— Bien sûr, Max, bien sûr.

Sur ce, je réussis à me débarrasser de lui.

Je repris la voiture et mis le cap sur Derrick Road. Sur la route, à sept ou huit kilomètres, je me garai sur le bas-côté, au sommet d'une petite colline. Et je restai là, à regarder à travers les fûts noirs des chênes, mais je ne voyais rien du tout, ni les arbres ni rien.

Je n'étais pas là depuis cinq minutes quand une autre voiture vint s'arrêter derrière moi. Joe

Rothman, le secrétaire des syndicats, en descendit et s'approcha de moi.

— Beau panorama, hein ? observa-t-il. Je peux m'asseoir à côté de vous ? Merci, je savais que vous voudriez bien.

Il me dit ça d'une traite, sans attendre ma réponse. Il ouvrit la portière et s'installa d'autorité sur le siège, à côté de moi.

— Vous venez souvent par ici, Lou ?

— Chaque fois que ça me chante.

Il sortit son tabac, son papier à cigarettes et s'en roula une. Il la colla dans le coin de sa bouche et parut l'y oublier.

— Vous causiez tout à l'heure avec Max Pappas, dit-il. Autant que j'aie pu le voir, c'était une conversation plutôt amicale ?

— Oui.

— Il s'est résigné au suicide de Johnnie ? Il a accepté la thèse du suicide ?

— Je ne peux pas dire qu'il se soit résigné. Il se demandait si quelqu'un... si quelqu'un était entré dans la cellule après mon départ et si...

— Et si ?

— Je lui ai dit que non, que ça ne pouvait pas s'être passé comme ça. Aucun des gars ne ferait une chose pareille.

— Ce qui règle la question, dit Rothman en acquiesçant. A moins que je me trompe ?

— Où voulez-vous en venir ? demandai-je sèchement. Qu'est-ce... ?

— Bouclez-la ! s'écria-t-il d'une voix soudain plus dure ; puis il sc radoucit. Avez-vous remarqué les travaux qu'il fait faire ? Savez-vous combien ça va coûter, tout ça ? Dans les douze mille dollars, pas moins. Où croyez-vous qu'il a trouvé tout ce fric ?

— Bon sang ! Comment voulez-vous que... ?

— Allons, Lou, dites-le !

— Eh bien, il avait peut-être des économies ?

— Max Pappas ?

— Ou alors il a emprunté.

— Sans garanties ?

— Ma foi... J'en sais rien.

— Permettez-moi de vous communiquer une hypothèse : quelqu'un le lui a donné. Un millionnaire de sa connaissance, disons. Un type qui pensait qu'il lui devait bien ça.

Je haussai les épaules et repoussai mon chapeau sur ma nuque ; mon front ruisselait de sueur. Mais, au fond de moi-même, j'avais froid. J'étais même glacé.

— C'est la Conway Construction qui exécute les travaux, Lou. Ça ne vous paraît pas bizarre que Conway fasse des travaux pour un type dont le fils a tué son propre fils ?

— Il n'y a pas beaucoup de travaux qu'il refuse. D'ailleurs c'est la compagnie, pas lui. Il n'est pas là à donner lui-même des coups de marteau. Il est même probable qu'il n'est au courant de rien du tout !

— Ma foi...

Rothman hésita, puis il poursuivit avec une certaine obstination :

— C'est un boulot pour lequel il traite à forfait et assume tous les risques. Conway se charge de tous les matériaux, traite avec les fournisseurs, paye les ouvriers. Personne n'a encore vu la couleur du fric de Pappas.

— Et après ? Conway fait souvent ça. De cette

façon-là, il gagne sur une demi-douzaine d'opérations au lieu de ne se contenter que des bénéfices de la construction proprement dite.

— Et vous vous figurez que Pappas le laisserait faire ça ? Vous ne croyez pas que Pappas serait le type à marchander sur chaque clou ? Moi, c'est comme ça que je le vois, Lou. C'est comme ça qu'il est.

— Oui. Moi aussi, je l'imaginais comme ça. Mais il n'est pas en mesure d'agir à sa guise en ce moment. Il fait remettre sa boutique à neuf de la façon dont la Conway Corporation est disposée à exécuter les travaux. Sinon, il n'obtiendra rien du tout.

— Possible, oui... (Il fit passer sa cigarette d'un côté à l'autre de sa bouche et il me regarda fixement.) Mais l'argent, Lou ? Tout ça n'explique pas l'argent.

— Il vivait de rien. Si ça se trouve, il avait économisé au moins une bonne partie de la somme et on lui fait crédit du reste. Son argent n'était peut-être pas forcément à la banque. Il pouvait le garder planqué chez lui !

— Oui, c'est possible, répéta Rothman. Ça se peut, évidemment...

Il se tourna légèrement sur le siège pour regarder par le pare-brise au lieu d'avoir le visage orienté vers moi ; puis il jeta sa cigarette et reprit se blague et son papier, pour s'en rouler une autre.

— Vous n'êtes pas allé au cimetière, Lou ? Sur la tombe de Johnnie ?

— Non. Il va falloir que j'y aille. J'ai honte de ne pas y être encore allé.

— Vraiment ? Mais bon sang de bon sang, vous

parlez sincèrement, en ce moment ? Vous le pensez réellement, tout ce que vous venez de me dire ?

— Mais qu'est-ce que vous voulez, à la fin ? Qu'est-ce que vous avez fait pour lui, vous ? Je ne veux pas me donner de gants, mais je suis le seul à Central City à avoir jamais essayé de rendre service à ce gosse. Je l'aimais bien, moi. Je le comprenais, et je...

— Je sais, je sais, grommela-t-il en secouant la tête. Je voulais simplement vous dire que Johnnie a été inhumé en terre consacrée. Vous savez ce que ça signifie, Lou ?

— Probable. L'Eglise n'a pas estimé qu'il s'agissait d'un suicide.

— Et comment expliquez-vous ça, Lou ?

— Il était si jeune ! Et il n'avait jamais eu que des malheurs et des ennuis. L'Eglise a peut-être pensé qu'il avait assez souffert ! Elle a voulu tenter de le dédommager. Elle a sans doute trouvé que c'était plutôt une espèce d'accident ; qu'il avait simplement fait l'imbécile dans sa cellule sans vouloir réellement aller jusqu'au bout !

— Peut-être, soupira Rothman. Peut-être, peut-être, peut-être. Une dernière chose, Lou. La plus importante... Le dimance soir où Elmer et la dernière occupante de ce cottage qu'on voit là-bas ont été refroidis, un de mes charpentiers est allé à la dernière séance, au Palace... Il avait garé sa voiture par-derrière, à — tenez-vous bien, Lou — à neuf heures et demie. Quand il est sorti, on lui avait volé ses quatre pneus...

XVI

J'attendis. Le silence se fit soudain dans sa voiture.

— Sans blague ? articulai-je finalement. C'est pas de veine, ça. Les quatre pneus, vous dites ?

— Pas de veine ? Vous voulez dire plutôt bizarre, Lou. Rudement bizarre !

— Oui, enfin... Oui. Mais c'est curieux que j'en aie jamais entendu parler au bureau du shérif.

— Ça aurait été encore plus curieux si vous l'aviez su, Lou. Parce qu'il n'a pas signalé le vol. Je ne dirais pas que c'est le plus grand mystère de tous les temps, mais, je ne sais pas trop pourquoi, vos copains ne s'intéressent guère à nous autres, ouvriers syndiqués... sauf quand ils tombent sur un piquet de grève pour...

— Je ne peux guère...

— Passons, Lou, ça n'a pas de rapport. Le type n'a donc pas porté plainte mais il en a parlé à plusieurs copains, lors de la réunion habituelle des charpentiers-menuisiers, le mardi soir. Et l'un d'eux, justement, avait acheté deux des pneus à Johnnie Pappas. Ils... Mais qu'est-ce qu'il y a, Lou ? Vous frissonnez. Vous avez pris froid ?

Je mordis mon cigare mais ne dis rien.

— Ces gars-là se sont armés de bons gros gourdins et sont allés rendre visite à Johnnie. Il n'était pas chez lui ; il n'était pas non plus chez Slim Murphy. De fait, à cette heure-là, il n'était plus nulle part. Il se balançait au bout de sa ceinture aux barreaux de sa cellule. Mais sa bagnole était à la station-service, chaussée des deux autres pneus volés. Ils les ont récupérés — naturellement, Murphy n'a pas été raconter ça à la police, lui non plus — et l'affaire a été classée. Mais on en a parlé, Lou. On en a parlé, bien qu'apparemment — je dis bien : apparemment — personne n'ait attaché une grande importance à cet incident.

Je m'éclaircis la gorge.

— Je… Pourquoi y attacherait-on de l'importance, Joe ? Je crois bien que je ne vous suis pas très bien.

— Pas de salades, Lou ! Ces pneus ont été volés *après* neuf heures et demie, la nuit où Elmer et sa petite amie sont passés de vie à trépas. En supposant que Johnnie ne se soit pas attaqué aux pneus dès l'instant où la bagnole a été garée… D'ailleurs, si ç'avait été le cas, ce serait du pareil au même… Nous en venons à la conclusion inévitable qu'il a été occupé à des activités relativement innocentes jusqu'à bien après dix heures. En d'autres termes, il lui était impossible d'avoir participé aux affreux événements qui ont eu pour théâtre ce petit cottage, derrière les chênes noirs…

— Je ne vois pas pourquoi.

— Ah ! vraiment ? s'exclama-t-il en ouvrant de grands yeux. Je veux bien admettre que ces pauvres vieux Descartes, Aristote, Diogène, Euclite et *tutti quanti* sont tous morts, mais je crois que vous trouverez encore pas mal de gens, au jour d'aujourd'hui, qui sont partisans de leurs théories. Je crains bien, mon vieux Lou, que ces braves gens aient du mal à croire qu'un bonhomme puisse être en deux lieux différents au même moment !

— Johnnie avait de drôles de fréquentations, dis-je. J'imagine que c'est un de ses copains qui a volé les pneus et qui les lui a donnés à fourguer.

— Je vois. Je vois... Lou.

— Pourquoi pas ? Il était bien placé pour les vendre en douce, au garage. Slim Murphy n'aurait rien dit... Enfin, quoi, c'est fatalement comme ça que ça s'est passé, Joe ! S'il avait eu un alibi pour l'heure du crime, il me l'aurait dit, n'est-ce pas ? Il ne se serait pas pendu !

— Il vous aimait bien, Lou. Il avait confiance en vous.

— Il avait de bonnes raisons pour ça ! Il savait que j'étais son ami.

Rothman avala sa salive et un drôle de petit gloussement s'échappa de sa gorge, le genre de bruit qu'on fait quand on ne sait pas si on doit rire, pleurer, ou se fâcher.

— Il va vous falloir décaniller, Lou. Et vite. Avant que quelqu'un... Avant que vous ne perdiez contenance, mon vieux !

— J'avais vaguement l'intention de changer d'air, dis-je. Je n'ai rien fait de mal, mais...

— Sûrement pas. Sinon, en ma qualité de « fasciste rouge » comme vous dites, je ne m'arrogerais pas le droit de vous arracher aux griffes de vos persécuteurs et détracteurs, de vos prétendus persécuteurs et détracteurs, dirais-je plutôt.

— Vous croyez... vous croyez que peut-être...

Il haussa les épaules.

— Je pense bien, Lou! Je crois même que vous risquez d'avoir pas mal de difficultés pour filer. Je le crois si bien que je me suis mis en rapport avec un de mes amis, un des meilleurs avocats d'assises du pays. Vous en avez peut-être entendu parler. Billy Boy Walker?

Ça m'inquiétait un peu d'entendre Rothman déclarer que j'avais besoin d'un appui de ce genre.

Ça m'embêtait, et ça m'obligeait à me demander encore une fois pourquoi Rothman et ses syndicats se donnaient tant de mal pour me procurer un avocat. Qu'est-ce que Rothman risquait de perdre si la police se mettait à m'interroger? Et puis je compris que si jamais ma première conversation avec lui était révélée, le premier jury venu penserait que c'était lui qui m'avait monté contre feu Elmer Conway. En un mot, Rothman sauvait deux têtes — la sienne et la mienne — à l'aide d'un seul avocat.

— Vous n'aurez peut-être pas besoin de lui, reprit-il. Mais mieux vaut le prévenir. Ce n'est pas le type qui peut se rendre libre au pied levé. Dans combien de temps pouvez-vous partir?

J'hésitai. Lucille. Comment allais-je faire?

— Je... Je ne peux pas m'en aller tout de suite. Il faudrait que je fasse allusion par-ci par-là, mine de rien, à un départ éventuel, pour préparer un peu les gens. Sinon, ça paraîtra bizarre...

— Possible, fit-il en fronçant les sourcils. Mais s'ils savent que vous vous apprêtez à détaler, ils risquent de passer à l'attaque d'autant plus vite... Néanmoins, je comprends bien votre raisonnement.

— Que peuvent-ils faire? S'ils avaient l'intention

d'attaquer, ils l'auraient déjà fait. Bien que je ne sois nullement...

— Ça va. Ne vous répétez pas. Mais magnez-vous. Le plus vite possible. Ça ne devrait pas vous prendre plus de quinze jours, au maximum.

Deux semaines. Quinze jours de répit pour Lucille.

— Très bien, Joe, soupirai-je. Et merci de... de...

— De quoi ? fit-il en ouvrant la portière. Pour vous, je n'ai rien fait du tout.

— Je ne sais pas si quinze jours me suffiront. Ça prendra peut-être plus...

— Vaut mieux pas, dit-il. Vaut mieux pas que ça prenne plus longtemps.

Il sortit et alla reprendre sa voiture. J'attendis qu'il ait fait demi-tour et qu'il ait disparu. Puis je repris la route de Central City. Je roulai lentement, en songeant à Lucille...

Je savais que j'étais obligé de la tuer. Je pouvais en donner la raison en quelques mots. Mais chaque fois que j'y pensais, il me fallait de nouveau chercher le *pourquoi.* Finalement, ça me revint à l'esprit. Je n'arrivais pas à trouver un moyen de mettre mon projet à exécution car c'était plutôt duraille et je devais sans cesse me rappeler le *pourquoi.* Finalement, une idée me vint à l'esprit.

J'avais trouvé un moyen, parce qu'il le fallait. Je ne pouvais plus tergiverser.

*

Ce fut trois jours après ma conversation avec Rothman que l'événement se produisit. C'était un samedi de paye, et j'aurais dû être de service, mais je n'arrivais pas à m'y mettre. J'avais passé la journée chez moi, stores baissés, à arpenter inlassablement les pièces, les unes après les autres. Quand la nuit tomba, j'étais encore là. J'étais assis dans le bureau de mon père, avec juste la petite lampe allumée, quand j'entendis des pas légers traverser la véranda puis le grincement de la porte moustiquaire, garnie de toile métallique.

Il était encore trop tôt pour que ce soit Lucille, mais je n'en fus pas autrement ému. Ce n'était pas la première fois que des gens entraient chez moi de cette façon-là.

Je sortis sur le seuil du bureau au moment où il entrait dans le vestibule.

— Je regrette, lui dis-je. Le docteur n'exerce plus. J'ai laissé la plaque pour des raisons strictement sentimentales.

— Ça fait rien, papa, dit l'autre en entrant carrément, ce qui m'obligea à reculer. C'est qu'une petite brûlure.

— Mais je...

— Une brûlure de cigare.

Il me tendit sa main ouverte et la retourna.

Je le reconnus enfin.

Il s'assit dans le fauteuil de cuir de mon père, en souriant. Il balaya d'un geste la tasse à café et la soucoupe que j'avais laissées sur le bras du fauteuil.

— On a à causer, papa, et j'ai soif. Vous avez du whisky, par là ? Une bouteille pas entamée ? Je suis pas un grand amateur de whisky, mais y a des endroits où j'aime bien voir que la bouteille est cachetée.

— J'ai un téléphone, par là, rétorquai-je. Et la

prison n'est pas loin. Alors, vous allez vous tirer de là avant de vous trouver au violon !

— Allons donc ! Mais si ça vous amuse de téléphoner, ne vous gênez pas !

Je me dis d'abord qu'il aurait peur d'aller jusqu'au bout, et puis ma parole valait quand même plus cher que celle d'un clochard. Personne n'avait rien contre moi, aucune preuve, et j'étais encore Lou Ford. Il n'aurait même pas le temps d'ouvrir la bouche qu'il se la ferait fermer d'une torgnole.

— Allez-y, papa, mais ça vous coûtera cher. Très cher. Et pas seulement le prix d'une brûlure à la main.

J'allai au téléphone, mais ne décrochai pas.

— Bon, dis-je. Je vous écoute.

— Vous m'avez intéressé, papa. J'ai tiré un an de taule à Houston et, là-bas, j'ai vu deux ou trois types dans votre genre et je me suis dit que ce serait peut-être rentable de vous tenir un peu à l'œil. Alors, ce soir-là, je vous ai suivi. J'ai entendu une partie de votre conversation avec ce type des syndicats...

— Probable que vous en avez pigé un bout, hein ?

— Non, monsieur, dit-il en agitant la tête. Je n'y ai pas compris grand-chose. De même, deux ou trois jours après, le soir où vous êtes arrivé dans cette vieille ferme où je m'étais planqué pour passer la nuit, quand vous êtes passé à travers champs pour aller à la petite maison blanche... Ça ne me paraissait pas très clair, sur le moment... Vous disiez que vous aviez du whisky ? Une bouteille cachetée ?

J'allai au laboratoire et pris une bouteille de vieux whisky médicinal dans une armoire à pharmacie. Je la rapportai avec un verre. Il ouvrit lui-même le flacon et en versa un demi-verre.

— Tenez, dit-il. Buvez un coup. C'est ma tournée !

Il me tendit le verre. Je le bus. J'en avais besoin. Je le lui rendis, mais il le déposa par terre, à côté de la tasse et de la soucoupe. Il but alors une longue goulée à la bouteille et se lécha les babines.

— Non, papa, pour moi ça n'avait ni queue ni tête, cette histoire-là, et je ne pouvais pas traînailler dans le coin pour débrouiller tout ce micmac. Je suis parti de là à pied, le lundi matin de bonne heure, pour aller m'embaucher au pipeline. Ils m'ont expédié au diable dans les Pecos, avec l'équipe du marteau pneumatique, ce qui fait que je n'ai pas pu revenir le premier samedi de paye. Nous étions rien que nous trois, coupés de ce putain de monde. Mais aujourd'hui, ce n'est pas pareil. Nous avons fini le boulot là-haut, et il fallait que je revienne. Ici, je me suis rencardé sur ce qui s'était passé, papa, et tout ce que vous avez fait et raconté, ça m'a ouvert bougrement les yeux.

J'acquiesçai. Au fond de moi-même, j'étais presque content. La décision ne m'appartenait plus désormais, et les morceaux de puzzle se mettaient en place. Je savais qu'il fallait que je le fasse et je voyais comment m'y prendre.

Il avala encore un coup de whisky et tira une cigarette de la poche de sa chemise.

— Je suis un type compréhensif, papa. La police n'a jamais rien fait pour moi et ce n'est pas aujourd'hui que je vais me mettre à lui rendre service. A moins, évidemment, d'y être forcé. Votre vie, à quel prix l'estimez-vous ?

— Je...

J'hésitai. Il ne fallait surtout pas se presser. Il ne fallait pas que j'aie l'air de céder trop facilement.

— Je n'ai guère d'argent, dis-je. Rien que ce que je gagne.

— Vous avez cette maison. Ça doit valoir un joli paquet, papa.

— Evidemment, mais bordel de merde ! c'est tout ce que j'ai. S'il ne me reste même plus une fenêtre pour y balancer le peu de fric que je gagne, je ne vois pas l'intérêt que j'aurais à acheter votre silence !

— Vous pourriez bien changer d'avis, papa, me dit-il, mais il ne paraissait pas tellement convaincu.

— De toute façon, ce n'est pas commode de la vendre. Les gens se demanderaient ce que j'ai fait de l'argent. Faudrait que je rende des comptes au fisc, que je paye tout un tas d'impôts. Et puis... probable que vous êtes pressé.

— Vous pouvez le dire, papa.

— Eh bien, ça prendrait pas mal de temps de vendre une maison comme celle-ci. Je voudrais la vendre à un médecin, à quelqu'un qui achèterait en même temps la clientèle et le matériel de mon père. Comme ça, elle prendrait une plus-value d'un bon tiers, au moins, mais l'affaire ne pourrait pas se faire en vitesse...

Il m'examina, d'un œil méfiant, pour essayer de voir si je le menais en bateau. En fait, je ne lui mentais qu'un tout petit peu.

— Je ne sais pas, dit-il lentement. Je n'y connais pas grand-chose. Peut-être... Vous ne pourriez pas emprunter du fric dessus ?

— Ma foi, ça m'embêterait beaucoup...

— C'est pas ce que je demande, papa.

— Mais écoutez voir, dis-je d'un air bien sincère,

comment pourrais-je rembourser avec ce que je gagne ? Je ne pourrais jamais. Et une fois déduits l'intérêt et l'agio, ça ne ferait jamais que cinq mille dollars au maximum. Sans compter qu'il me faudrait chercher à emprunter ailleurs pour rembourser le premier prêt et... Ben, merde alors, c'est pas possible, ça. Mais si vous me laissiez quatre ou cinq mois pour trouver un acquéreur qui...

— Pas question. Combien de temps il vous faudrait pour obtenir cet emprunt ? Huit jours ?

— Ma foi...

Il faudrait peut-être que je la laisse vivre un peu plus longtemps. Je voulais lui donner encore un petit répit.

— Je crois que ce serait un peu juste. Disons quinze jours, plutôt. Mais ça m'embête de...

— Cinq mille, dit-il. Cinq mille dans deux semaines. D'aujourd'hui en quinze. D'accord, papa, c'est entendu. Mais il faudra tenir parole, vu ? Je ne cours pas après le fric ni rien. Je me contente de palper les cinq mille et on ne se revoit plus jamais.

Je fis la grimace, pestai et jurai, mais je finis par grommeler :

— Bon, d'accord, c'est entendu.

Il fourra la bouteille dans sa poche et se leva.

— D'accord, papa. Je retourne au pipeline ce soir. Ici, ce n'est pas un endroit bien sympathique pour des gars qui aiment vivre sans souci comme moi ; alors je resterai encore là-bas le prochain samedi. Mais n'allez pas vous imaginer que vous pouvez me laisser tomber, hein ?

— Comment voulez-vous, bon sang ? Vous me prenez pour un fou ?

— A poser ainsi des questions désobligeantes,

vous risquez d'avoir des réponses qui le seront encore plus. Soyez simplement là avec les cinq mille dollars dans quinze jours et il n'y aura pas de pépins.

Je lui balançai alors un argument-massue, car j'avais encore l'impression de lui céder trop facilement.

— Vous feriez peut-être mieux de ne pas revenir ici. Quelqu'un risque de vous repérer et...

— Non, non, n'ayez crainte ! Je ferai gaffe, comme ce soir. Je ne tiens pas plus que vous à avoir des histoires !

— Oui, mais je pensais que ça vaudrait mieux si...

— Allons, papa, qu'est-ce qui s'est passé, la dernière fois que vous êtes allé vous balader du côté d'une vieille ferme abandonnée, hein ? Ça n'a pas tourné si bien que ça, hein ?

— Bon. Comme vous voudrez.

— Exactement. Alors, c'est bien d'accord ? ajouta-t-il en regardant l'heure à la pendule. Cinq mille dollars, dans quinze jours, à neuf heures ? Entendu, hein ? Et tâchez de ne pas l'oublier !

— Entendu. Ne vous inquiétez pas. Vous l'aurez.

Il s'attarda un instant sur le seuil, pour surveiller les abords de la maison. Puis il sortit, descendit les marches de la véranda et disparut sous les arbres du jardin.

Je me mis à rire en plaignant un peu le pauvre connard. C'est curieux, la façon dont ces gens-là cherchent toujours à avaler leur acte de naissance. Ils se cramponnent, même si on fait tout pour les décourager ; pour un peu, ils vous expliqueraient bien comment ils voudraient être ratatinés ! Pourquoi fallait-il qu'ils s'adressent tous à moi pour se faire tuer ? Ils ne pouvaient donc pas se faire ça eux-mêmes ?

Je ramassai la tasse et le verre sales dans le bureau et montai m'allonger dans ma chambre, pour attendre Lucille. Je n'eus pas à patienter bien longtemps.

En un sens, elle était comme d'habitude : toujours pleine d'allant, sans trop vouloir le montrer. Mais il y avait quelque chose de changé. Sa raideur méfiante avait disparu ; elle était comme quelqu'un qui a quelque chose à dire et ne sait trop par où commencer.

Finalement, elle s'exclama :

— Lou ! Pourquoi tu ne m'enlèverais pas ? (Je la regardai, et elle poursuivit, précipitamment :) Tu veux, dis, mon chéri ? Tu veux bien ? On va partir, tous les deux !

— Ah ! Comme les grands esprits se rencontrent ! Figure-toi que j'allais te le proposer !

— Ah !... Comment... Quand penses-tu ?

— Ma foi, à mon avis il faudrait une quinzaine de jours pour...

— Chéri ! cria-t-elle en m'embrassant. C'est exactement ce que j'allais dire !

Je ris avec elle ; elle noua les bras autour de mon cou et se pelotonna tout contre moi.

Décidément les grands esprits n'arrêtaient pas de se rencontrer !

XVII

Je tuai Lucille Stanton le samedi 5 avril, un peu avant neuf heures du soir.

Il avait fait une éclatante journée de printemps et le fond de l'air, sans être pourtant bien chaud, annonçait déjà l'arrivée prochaine de l'été. La nuit était à peine fraîche. Lucille avait fait dîner ses parents de bonne heure et les avait expédiés au cinéma vers sept heures. Puis, à huit heures et demie, elle est arrivée chez moi et…

Je crois que je ne suis pas encore tout à fait disposé à raconter ça, pour l'instant. Il est trop tôt et ce n'est pas nécessaire, car enfin nous avons passé quinze jours avant ce samedi 5 avril à neuf heures du soir… Quinze jours assez agréables, vraiment, car pour la première fois depuis je ne me souviens plus quand, j'avais le cœur léger, insouciant. Le terme fatal était proche ; il se précipitait vers moi et tout serait bientôt réglé. Je pourrais penser enfin, vivre et dire quelque chose, faire des choses, et ça n'aurait plus d'importance. Je n'aurais plus à me surveiller.

Je passais toutes les soirées avec elle. Je l'emmenais partout où elle voulait aller, et je faisais tout ce qu'elle désirait. Ce n'était pas difficile, car elle ne tenait pas à sortir beaucoup. Un soir, nous sommes allés en voiture près de l'école supérieure. Nous avons regardé l'équipe de base-ball à l'entraînement. Une autre fois, on a fait un petit tour à la gare, pour voir passer le « Tulsa Flyer ». Des voyageurs regardaient par les vitres du wagon-restaurant et d'autres, en queue du train, contemplaient le paysage, et de la plate-forme du wagon panoramique. C'était à peu près tout ce que nous faisions, des trucs comme ça ; sinon, je l'emmenais à la pâtisserie manger des glaces. La plupart du temps, nous restions chez moi, assis tous les deux dans le grand fauteuil de mon père, ou bien couchés face à face sur mon lit, dans les bras l'un de l'autre.

Bien des soirs, nous sommes restés ainsi enlacés.

Je crois que, pour Lucille, ces quinze jours auront été les meilleurs de sa vie.

Moi, j'allais travailler tous les matins ; et croyez-moi, ce n'était pas facile. Je ne voulais me trouver en présence de personne. J'aurais préféré rester à la maison, les stores baissés, sans voir âme qui vive, mais je savais bien que je ne pouvais faire ça. J'allais donc travailler, je me forçais à prendre mon service, normalement.

On me soupçonnait ; je faisais comprendre que je m'en rendais bien compte. Mais je n'avais rien sur la conscience, je n'avais peur de rien. Et je le leur montrais en prenant mon service comme d'habitude. Comment voulez-vous qu'un type coupable des crimes qu'ils m'attribuaient, en leur for intérieur, ait pu vaquer ainsi à ses affaires comme d'habitude, et continuer à regarder les gens en face ?

J'étais furieux, bien sûr. J'étais profondément

vexé. Mais je n'avais pas peur et je tenais à le leur montrer.

La plupart du temps, au début tout au moins, on ne me donnait pas grand-chose à faire. Et je vous prie de croire que c'était dur, de rester ainsi, la tête haute, en faisant semblant de ne rien remarquer ou de m'en foutre totalement ! Et quand on me chargeait d'une tâche quelconque, notifier une assignation à comparaître ou un petit truc comme ça, il y avait toujours un collègue pour m'accompagner. Il était gêné et perplexe, car, naturellement, il n'y avait que les huiles qui étaient dans le secret : Hendricks, Conway et Maples. Le collègue se demandait ce qu'il y avait, mais il n'osait pas me poser de questions. Nous autres, à notre façon, nous sommes en effet les gens les plus polis du monde ; nous rigolons et nous plaisantons à propos de tout, sauf de ce qui nous tient à cœur. Mais le collègue se creusait la tête ; il était gêné et il essayait de me remonter le moral. Parfois même, il allait jusqu'à me parler de l'affaire Johnnie Pappas, histoire de me distraire un tantinet !

Je passais tous les jours chez le Grec. Je surveillais l'état d'avancement des travaux et je lui demandais de m'expliquer certains détails ; s'il avait à se rendre quelque part, je lui proposais de le conduire. Je lui disais qu'il allait avoir un beau restaurant moderne, et que Johnnie aurait aimé ça — qu'il aimait bien ça. Parce qu'il n'y avait jamais eu meilleur garçon au monde. Maintenant il pouvait nous regarder de là-haut et admirer les choses qu'il voyait tout comme nous. Je lui disais que j'en étais sûr, que Johnnie était enfin heureux, très certainement !

Au début le Grec ne parlait guère ; il était poli et

tout, mais il ne disait pas grand-chose. Puis, peu à peu, il s'est mis à m'inviter dans la cuisine pour boire un café ; et, quand je partais, il me reconduisait à ma voiture. Il m'écoutait, en hochant la tête sans arrêt, pendant que je lui parlais de Johnnie. De temps en temps, il se souvenait qu'il aurait dû avoir honte ; je sentais bien qu'il aurait voulu s'excuser mais qu'il avait peur de me froisser.

Quant à Chester Conway, il prolongeait son séjour à Fort Worth ; il revint pourtant un jour à Central City, mais par quelques heures seulement. J'avais fait de mon mieux pour me tenir au courant.

Je passais en voiture devant ses bureaux, bien doucement, vers deux heures de l'après-midi, quand il sortit en trombe pour héler un taxi. Et, avant qu'il se soit rendu compte de ce qui se passait, je l'avais embarqué. J'étais sorti d'un bond, je lui avais pris des mains sa serviette de cuir et je l'avais fait monter dans ma voiture.

C'était bien la dernière chose qu'il attendait de moi. Il était trop suffoqué pour parler, et il n'eut pas le temps de dire grand-chose. Sur la route de l'aéroport, il n'eut d'ailleurs plus l'occasion d'ouvrir la bouche. C'était moi qui tenais le crachoir.

— J'espérais bien vous rencontrer un jour, monsieur Conway. Je tenais à vous remercier de votre aimable hospitalité, à Fort Worth. C'était vraiment une délicate attention de votre part, dans un moment pareil, de songer ainsi à notre confort, à Bob et à moi ; probable que j'ai été un peu sec avec vous, là-bas à l'aéroport. Mais je ne l'ai pas fait exprès, monsieur Conway, et depuis je tenais à vous faire des excuses. Je ne vous en voudrais pas du tout si vous avez été fâché contre moi, parce que je n'ai jamais été bien malin ; probable que j'ai fait un beau gâchis...

» Faut vous dire que je savais qu'Elmer était comme qui dirait candide et confiant ; je me doutais bien qu'une fille comme ça ne pouvait rien présager de bon pour lui. J'aurais dû faire comme vous aviez dit, et y aller avec lui... Je vois pas d'ailleurs comment j'aurais pu, rapport à ce tintouin qu'elle faisait, mais j'aurais dû l'accompagner quand même. Mais n'allez pas croire que je ne m'en rends pas compte maintenant. Si ça vous fait du bien de m'enguirlander ou de me faire chasser de la police, car je sais que vous avez le bras long, allez-y ! Je ne vous en voudrai pas. Vous pouvez me faire ce que vous voulez, ce ne sera jamais assez ; ça ne ramènera pas Elmer. Et puis... Je ne l'ai jamais très bien connu, dans un sans, j'avais comme qui dirait l'impression que c'était un peu un ami. Probable que c'était parce qu'il vous ressemblait tant. Des fois, quand je l'apercevais de loin, je croyais que c'était vous. C'est peut-être bien pour ça que je tenais tant à vous voir aujourd'hui. Pour moi, ça me fait l'effet de revoir Elmer. Une minute, là, j'ai pu penser que c'était lui, que rien ne s'était passé. Et...

Nous étions arrivés à l'aéroport.

Il descendit de voiture sans mot dire, sans me regarder, et, à grandes enjambées, il se dirigea vers son avion. Il allait vite, sans jamais se retourner ni regarder de côté. On aurait presque dit qu'il fuyait quelque chose.

Il s'engagea sur la rampe d'accès, mais il n'allait plus aussi vite. Il marchait de plus en plus lentement, et, à mi-chemin, il s'arrêta. Puis il repartit, péniblement, en traînant les pieds. Arrivé en haut, il s'arrêta encore un instant et obstrua la porte.

Il se retourna, imprima une petite secousse à sa serviette et disparut dans l'avion.

C'était sa façon à lui de me faire un signe d'adieu.

Je retournai en ville ; ce fut à ce moment-là, je crois bien, que j'ai renoncé. Ce n'était pas la peine ; j'avais fait tout mon possible. Je leur avais flanqué le truc dans leur assiette ; je leur avais fourré le nez dedans. Mais ça n'avait servi à rien. Ils ne voulaient pas voir.

Personne ne pourrait m'en empêcher.

Donc, le samedi 5 avril, un peu avant neuf heures du soir, je...

Mais j'ai encore une ou deux choses à vous raconter auparavant, je crois, et... Je vais vous expliquer tout ça. J'y tiens. Il faut que vous sachiez exactement comment ça s'est passé. Je ne vais pas vous laisser en plan et vous obliger à imaginer tout seuls la suite des événements.

Je tiens à ce que vous compreniez parfaitement la situation.

Le samedi en fin d'après-midi, j'ai pu coincer Bob Maples entre quatre-z-yeux et je lui ai annoncé que je ne pourrais pas prendre mon service ce soir-là. Je lui ai dit que Lucille et moi nous avions quelque chose d'important à faire, et qu'on ne me verrait peut-être pas lundi ni mardi non plus ; et j'ai souligné ça d'un petit clin d'œil en coulisse.

— Ma foi, dit-il en hésitant, le sourcil froncé, ma foi, tu ne crois pas que tu... ? (Sur ce, il me serra la main à me faire mal, et la secoua en ajoutant :) Ça, c'est une bonne nouvelle, Lou. Vraiment bonne. Je suis convaincu que vous serez heureux ensemble.

— Je vais tâcher de ne pas manquer trop longtemps, car m'est avis que la situation se présente plutôt mal, à l'heure qu'il est…

— Pas du tout, assura-t-il en redressant la tête. Tout va très bien, et ça va rester comme ça. Alors, tu peux y aller. Fais la bise à Lucille pour moi et ne te soucie de rien.

Comme il n'était pas encore bien tard, j'ai pris la voiture et je me suis rendu à Derrick Road où j'ai stationné un petit moment.

Puis je suis rentré chez moi et j'ai laissé la voiture devant la porte. Je me suis préparé à dîner, puis je me suis allongé une heure sur mon lit, pour faciliter la digestion. Ensuite, j'ai pris un bain. Je suis resté près d'une heure dans la baignoire à fumer et à réfléchir. Après le bain, j'ai regardé la pendule et je me suis mis à préparer des vêtements.

Une fois ma valise faite et bouclée, je me suis habillé : maillot de corps, caleçon et chaussettes propres, pantalon tout frais repassé, bottes du dimanche. J'avais laissé la chemise et la cravate pour plus tard.

Je m'assis alors sur le bord de mon lit et fumai jusqu'à huit heures. Puis je descendis à la cuisine.

J'allumai dans l'office et fis jouer plusieurs fois le panneau de la porte sur ses gonds, pour obtenir l'entrebâillement voulu, de façon à ne laisser filtrer qu'un peu de lumière dans la cuisine. Je regardai autour de moi, m'assurai que tous les stores étaient bien baissés et me rendis alors dans le bureau de mon père.

Je pris le gros Index de la Bible et en ôtai les quatre cents dollars en billets dont les numéros avaient été relevés qui provenaient de l'argent d'Elmer. Je tirai tous les tiroirs du bureau de mon père et les jetai par terre en les retournant. J'éteignis, tirai la porte sans la fermer tout à fait et rentrai à la cuisine.

Le journal du soir était étalé sur la table. Je glissai un couteau à découper dessous et... Le moment fatidique était venu. Je l'entendais arriver.

Elle gravit le perron de derrière, traversa la véranda, tâtonna un moment pour ouvrir la porte. Elle entra, un peu essoufflée et comme qui dirait fâchée aussi et claqua la porte derrière elle. Elle me vit alors, planté là, sans rien dire, parce que j'avais encore oublié le *pourquoi* et que je cherchais à m'en souvenir. Et, finalement, ça m'est revenu.

Alors, le samedi 5 avril, un peu avant neuf heures du soir, j'ai tué Lucille Stanton.

A moins qu'on puisse appeler ça un suicide.

XVIII

Elle me vit et resta interloquée une seconde. Puis elle lâcha ses deux valises, en poussa une du pied et écarta nerveusement une mèche qui lui tombait dans les yeux.

— Dis donc, s'exclama-t-elle sèchement ; il ne te viendrait même pas à l'esprit de me donner un petit coup de main ! D'abord, pourquoi n'as-tu pas laissé ta voiture dans le garage ?

Je secouai la tête, mais ne répondis pas.

— Je te jure, Lou ! Parfois je me dis… Et tu n'es même pas encore prêt ! Tu te plains toujours que je suis en retard et toi, le soir de ton mariage, pardessus le marché, voilà que je te trouve là, pas encore…

Elle se tut soudain et garda les lèvres serrées. Sa poitrine montait et descendait précipitamment. J'entendis au moins dix fois le tic-tac de la pendule de la cuisine, puis la voix de Lucille s'éleva, tout miel cette fois.

— Excuse-moi, mon chéri. Je ne voulais pas…

— N'ajoute pas un mot, Lucille. Plus un mot !

Elle sourit et vint à ma rencontre, les bras tendus.

— Je me tais, mon chéri. Je ne parlerai plus

jamais comme ça. Mais je voudrais quand même te dire à quel point…

— Bien sûr ! Tu veux encore m'ouvrir ton petit cœur !

Et je la frappai dans le ventre, de toutes mes forces.

Mon poing pénétra jusqu'à sa colonne vertébrale et les chairs se refermèrent autour de mon poignet ! D'un brusque mouvement, j'arrachai mon poing ; aussitôt elle se plia en deux à la ceinture, comme si elle avait une charnière, et elle s'effondra, la tête la première.

Son chapeau tomba, sa tête plongea jusqu'à terre et toucha le plancher ; et, tout à coup, elle culbuta à la renverse, comme un gosse qui essaie de faire le saut périlleux en arrière et se retrouva couchée sur le dos, les yeux exorbités, en train d'agiter la tête de gauche et de droite.

Elle portait un petit tailleur crème avec une blouse blanche ; il devait être neuf, car je ne me rappelais pas le lui avoir vu. J'attrapai le col de sa blouse et tirai un bon coup. Le tissu se déchira jusqu'à la taille. Puis je lui relevai la jupe sur le crâne ; elle s'agita et frémit de la tête aux pieds. J'entendis alors un drôle de bruit ; on aurait cru qu'elle essayait de rire…

Et puis je vis la mare s'agrandir sous elle.

Je m'assis pour essayer de lire le journal. Je m'efforçai de garder les yeux sur le texte. Mais la lumière était mauvaise. Impossible de lire. Et Lucille qui n'arrêtait pas de se tortiller !

A un moment donné, je sentis quelque chose sous ma botte ; je me penchai et vis que c'était sa main. Elle passait et repassait sur la pointe de ma botte ;

puis elle remonta le long de ma cheville et de ma jambe. Je ne sais trop pourquoi, mais j'avais peur de m'écarter. Ses doigts atteignirent le haut de la botte et s'y agrippèrent. J'étais comme pétrifié. Je me levai ; je voulus me débarrasser de cette main en donnant un brusque coup de pied. Mais en vain. Les doigts restaient bel et bien accrochés. Il me fallut la traîner sur près d'un mètre pour lui faire lâcher prise.

Ses doigts continuaient de remuer, de glisser, de ramper en tous sens ; finalement, ils rencontrèrent son sac à main et se refermèrent dessus. Ils le tirèrent sous sa jupe. Le sac disparut ; les doigts aussi.

Ma foi, ce n'était pas si mal. Ça ferait meilleur effet si on la trouvait cramponnée à son sac. Je souris un tantinet en songeant à ce détail. Ça lui ressemblait tellement, de se cramponner à son sac. Elle avait toujours été si pingre… Sans doute par la force des choses.

Il n'y avait pas en ville de meilleure famille que les Stanton. Mais les parents de Lucille étaient malades tous les deux, depuis longtemps et, à part leur maison, il ne leur restait plus grand-chose. Lucille avait été obligée d'économiser, comme le premier imbécile venu aurait dû le comprendre, parce qu'elle ne pouvait vivre autrement. On en est tous là ; si on fait ce qu'on fait, c'est qu'on ne peut pas faire autrement. Je suppose que ce n'était pas très drôle quand je la mettais en boîte et que je faisais l'étonné lorsqu'elle se fâchait.

Mais, bon Dieu ! qu'est-ce qu'il attendait, l'autre couillon ? Ça faisait bien une demi-heure qu'elle respirait à peine, et c'était bougrement douloureux pour elle. Je savais qu'elle souffrait atrocement ; je retins ma propre respiration un moment. Nous avions fait tant de choses ensemble ! Et sur ces entrefaites, il arriva.

J'avais mis le verrou à la porte moustiquaire, pour qu'il n'entre pas comme chez lui ; je l'entendis la secouer.

Je balançai alors deux bons coups de pied dans la tête de Lucille. Son corps se souleva ; sa jupe retomba et lui découvrit le visage. Je savais qu'il n'y aurait pas le moindre doute. Elle était morte dans la nuit du... Je fis alors demi-tour et allai ouvrir.

Il entra et je lui collai dans la main la liasse de billets compromettante en lui disant :

— Fourrez toujours ça dans votre poche. J'ai le reste dans la cuisine.

Je repartis aussitôt dans cette direction. Je savais qu'il mettrait l'argent dans sa poche. Tout le monde a plus ou moins fait ça étant gosse. On s'approche d'un copain et on lui dit « Prends ça ». Même s'il a déjà fait ce coup-là à d'autres, même s'il se doute bien qu'on lui remet un crottin de cheval, une figue de Barbarie ou une souris morte, pour peu qu'on opère assez vite, le type obéit machinalement et tend la main.

J'avais été rapide et je retournai aussitôt à la cuisine. Il était sur mes talons, car il tenait à ne pas me perdre de vue une minute.

On y voyait très peu, comme je l'ai dit. J'étais entre elle et lui. Il se trouvait juste derrière moi et me surveillait sans regarder ailleurs... Nous sommes donc entrés dans la cuisine et j'ai fait soudain un pas de côté.

Il faillit lui marcher sur le ventre. Je crois même

que son pied lui cogna dedans. Il s'empressa de le ramener en arrière et la regarda fixement. On eût dit qu'il avait des billes d'acier en guise d'yeux et qu'elle était un aimant. Il tenta de les retenir, mais ils se mirent à chavirer ; on n'en vit plus que le blanc et, finalement, il réussit à détourner la tête.

Il me regarda, ses lèvres tremblèrent comme s'il jouait de l'harmonica, et il se mit à pousser ce cri :

— Hi ! Hi ! Hi !

Ça faisait un bruit bizarre, comme celui d'une sirène détraquée qui n'arrive pas à démarrer vraiment.

— Hi ! Hi ! Hi !

C'était marrant à entendre, et il était marrant à voir. On aurait cru un de ces chanteurs de rock à la gomme qui essaient de traduire par des trémoussements forcenés ce qu'ils ne peuvent exprimer, faute de voix. Je fus pris d'une crise de fou rire. Il avait l'air si drôle, vraiment, que je ne parvenais pas à me retenir. Puis je me rappelai ce qu'il avait fait et la colère me prit.

— Espèce de salaud ! Ignoble ordure ! J'allais l'épouser, cette pauvre petite ! Nous allions partir nous marier ! Elle t'a surpris dans la maison et tu as voulu la…

Je me tus, parce qu'il n'avait rien fait de tout ça. Mais il aurait bien pu. Il en était fort capable.

J'étais furieux. J'enrageais, j'étais indigné de le voir prendre cet air choqué, de l'entendre pousser ses « Hi ! Hi ! Hi ! » en tremblant et en roulant des yeux blancs. De quel droit ? C'était à moi de me comporter de cette façon-là. Mais non, moi, ça m'aurait été impossible. C'était leur… son droit d'être comme ça ; et moi, il fallait que je me retienne et que je fasse tout le sale boulot !

J'étais fou de rage.

J'attrapai le couteau à découper dissimulé sous le journal et me ruai sur le gars. Mais mon pied glissa à l'endroit où Lucille était tombée.

Je m'affalai la tête la première. Je l'aurais renversé s'il n'avait pas reculé. Et le couteau m'échappa des mains. Je restai bien une minute par terre sans pouvoir bouger même le petit doigt. J'étais étendu à plat ventre, sans défense, désarmé. J'aurais peut-être pu me tourner un peu sur le flanc et la prendre dans mes bras ; ainsi, nous aurions été ensemble comme nous avions toujours été...

Mais vous croyez qu'il aurait fait ça ? Vous croyez qu'il aurait ramassé le couteau pour me saigner ? Un petit geste comme ça ne l'aurait guère fatigué, tout de même ! Ah ! mais non, bordel de merde ! Pas question ! Pensez-vous !

Il se contenta de prendre ses jambes à son cou, comme ils le font tous.

J'empoignai alors le couteau et partis à la poursuite de cet infâme salaud.

Il était déjà dans la rue, sur le trottoir, quand je sortis sur le perron ; il avait pris de l'avance, en douce, ce fumier ! Au moment où je débouchai dans la rue, il était presque au croisement suivant et fonçait ventre à terre en direction du centre de la ville. Je me précipitai à ses trousses le plus vite que je pus.

Malheureusement, à cause de mes bottes, je ne pouvais guère accélérer. Lui non plus, d'ailleurs, il n'allait pas tellement vite. Il sautillait en faisant de petits bonds saccadés plus qu'il ne courait vraiment.

Il secouait la tête, les cheveux au vent, les coudes au corps et les mains ballantes, sans arrêter de pousser ses « Hi ! Hi ! Hi ! » de sirène détraquée.

Je me mis alors à hurler !

— A L'ASSASSIN ! Arrêtez-le ! Arrêtez-le ! Il a tué Lucille Stanton ! A L'ASSASSIN !

Je glapissais à pleins poumons, sans prendre le temps de souffler. Des fenêtres s'ouvraient en claquant, des portes aussi. Et des gens dégringolaient de leur perron. Du coup, il parut reprendre un peu ses sens.

Il bondit au milieu de la rue et força l'allure. Mais moi aussi, je courais plus vite, car la chaussée n'était pas goudronnée, là où nous étions, à deux cents mètres du quartier commerçant, car les bottes, c'est fait pour la terre battue ou le macadam.

Il s'aperçut que je gagnais du terrain et il fit un effort pour maîtriser ses mouvements désordonnés, mais il n'avait pas trop l'air de réussir. Il épuisait peut-être ses forces à pousser ses sacrés : « Hi ! Hi ! Hi ! »

— A l'assassin ! A l'assassin ! hurlais-je. Arrêtez-le ! Il vient d'assassiner Lucille Stanton…

A partir de ce moment-là, les événements se précipitèrent. A raconter ainsi cette poursuite, elle a l'air d'avoir duré longtemps parce que je n'omets aucun détail. Je tiens à tout raconter, exactement comme ça s'est passé, pour que vous compreniez bien.

En regardant devant moi, dans le quartier commerçant, j'avais l'impression qu'une multitude d'automobiles fonçaient en plein sur nous. Puis, brusquement, on aurait dit qu'un chasse-neige géant était passé et avait repoussé toutes ces voitures contre les trottoirs.

Les gens sont comme ça, dans notre coin. C'est leur façon habituelle de réagir. On ne les voit pas courir voir ce qui se passe, quand il y a une bagarre ou quelque chose de ce genre. Il y a des types qui sont payés pour s'occuper de ça ; ils interviennent rapidement, sans histoires ni rien. Et les gens savent que personne ne les plaindra s'ils attrapent une balle perdue.

— Hi ! Hi ! Hi ! glapissait toujours l'autre cloche en sautillant et en cavalant.

— A l'assassin ! Il a tué Lucille Stanton...

Soudain, devant nous, un vieux cabriolet est venu se mettre en travers de la chaussée, juste avant le carrefour. Il s'est arrêté et Jeff Plummer en est descendu.

Il s'est alors baissé pour prendre dans la voiture une Winchester. Sans se presser, avec le plus grand calme. Il s'est alors appuyé contre l'aile, un talon de botte accroché dans les rayons de la roue, et il a épaulé en criant :

— Halte !

Il a crié juste une fois, puis il a tiré parce que le trimard avait soudain fait un crochet vers les maisons. Il ne faut jamais faire ça quand on est poursuivi.

L'homme a trébuché, puis il est tombé en s'étreignant le genou à pleines mains. Mais il s'est tout de même relevé ; toujours agité de soubresauts, il se livrait à toutes sortes de mouvements désordonnés. A un moment donné, il a eu l'air de fouiller dans sa poche. Ça, alors, c'est la dernière chose à faire.

Surtout pas. Il faut même bien se garder d'en avoir simplement l'air !

Jeff tira trois fois, en déplaçant tranquillement son tir à chaque coup. Le clodo s'affala à la première balle, mais il les encaissa toutes les trois. Le temps de rouler dans la poussière, il ne lui restait plus guère de portrait.

Je me jetai sur lui et me mis à lui taper dessus. Ils eurent un mal de chien à m'arracher à son cadavre. Je bredouillai ce qui m'était arrivé ; j'étais à l'étage, en train de me préparer, quand j'avais entendu une espèce de bousculade, en bas ; tout d'abord, je n'y avais guère prêté attention. Et puis...

Je n'avais même pas besoin de chercher à être clair dans mes explications. Ils avaient tous l'air de comprendre la façon dont ça s'était passé.

Un médecin fendit la foule, le docteur Zweilman ; il me fit une piqûre et on me ramena aussitôt chez moi.

XIX

Je me réveillai le lendemain, peu après neuf heures.

J'avais la bouche poisseuse et la gorge sèche, à cause de la morphine — je ne saurai jamais pourquoi il n'avait pas employé de l'hyoscine comme tout le monde — et je crevais de soif.

Dans la salle de bains, j'avalai verre d'eau sur verre d'eau que je ne tardai d'ailleurs pas à rendre... (Je vous dis que n'importe quoi vaut mieux que la morphine.) Mais au bout d'un moment les nausées se calmèrent. Je bus deux autres verres que je parvins à garder. Puis je me débarbouillai à l'eau chaude, puis à l'eau froide, et je me peignai.

Je retournai alors m'asseoir sur mon lit en me demandant qui m'avait déshabillé. Et brusquement, tout ça me revint à l'esprit. Il ne s'agissait pas de Lucille. Je tenais à ne plus penser à elle. Mais, ce qui me préoccupait, c'était ma situation présente.

Je n'aurais pas dû être seul. Vos amis ne vous laissent pas tout seul dans un moment pareil. J'avais perdu la fille que je devais épouser ; je venais de vivre des instants effroyables... Et on m'avait laissé tout seul ! Il n'y avait même pas une infirmière.

Personne. Je me levai et passai dans toutes les pièces, pour m'en assurer.

Je me rendis en dernier lieu à la cuisine et... On avait tout nettoyé. Mais j'étais tout seul. J'entrepris de me faire du café ; puis il me sembla entendre quelqu'un sur le devant, le bruit d'une toux. J'en fus si heureux que des larmes me montèrent aux yeux. J'éteignis sous le café et courus à la porte d'entrée.

Jeff Plummer était assis sur les marches de la véranda.

Il se trouvait de biais, adossé au pilier de la balustrade. Il me jeta un petit coup d'œil en coulisse, puis recommença à regarder droit devant lui. Il n'avait pas bougé la tête.

— Vingt dieux, Jeff ! lui dis-je. Y a combien de temps que vous êtes là ? Pourquoi n'avez-vous pas frappé ?

— Ça fait un bon bout de temps, dit-il en tirant de sa poche une tablette de chewing-gum qu'il dépiauta. Ouais, ça fait un bon bout de temps.

— Mais entrez donc, voyons ! J'allais justement...

— Ma foi, je suis pas mal, là où je suis. L'air sent bien bon. En tout cas, ça sentait bien bon.

Il enfourna le chewing-gum, plia soigneusement le papier d'argent en carré et le remit dans sa poche.

— Oui, pas de doute, répéta-t-il ; ça sentait rudement bon, moi, je vous le dis.

J'étais comme cloué sur le seuil. Il fallait que je reste planté là, les bras ballants, à voir ses mâchoires mastiquer son chewing-gum. Il fallait que je reste là, à le regarder... tourner la tête pour ne pas me regarder !

— Est-ce que... ? Personne n'est venu... ?

— Je leur ai dit que vous ne vouliez voir personne. Je leur ai dit que vous étiez tout retourné à cause de Bob Maples.

— Ma foi, je... *Bob ?*

— Il s'est tiré une balle dans la tête cette nuit, vers minuit. Parfaitement ! Ce pauvre vieux Bob s'est tué, et probable qu'il était obligé. Probable que je sais bien ce qu'il avait sur la patate.

Jeff continuait à détourner la tête pour ne pas me regarder.

Je refermai la porte. Je m'y adossai, les yeux brûlants ; le sang me martelait les tempes ; à chacun des battements qui me remontaient du cœur dans la tête, je pointai machinalement tous ces morts : Joyce, Elmer, Johnnie Pappas, Lucille, le... enfin lui, quoi, et Bob Maples... Pourtant, il n'avait rien su ce pauvre Bob ! Il ne pouvait pas savoir, il n'avait pas de preuves ! Il avait simplement conclu à la légère, comme tous les autres. Pourquoi n'avoir pas attendu que je m'explique, bon Dieu ? J'aurais été heureux de m'expliquer ! Est-ce que je n'avais pas toujours été ravi de donner des explications ? Mais il ne pouvait pas attendre ; il s'était prononcé sans avoir la moindre preuve, tout comme les autres !

Simplement parce que je m'étais trouvé là quand deux ou trois personnes s'étaient fait tuer, rien que parce que le hasard m'avait amené par là !

Ils ne pouvaient rien savoir, puisque j'étais le seul à pouvoir leur dire, leur montrer ce qui s'était passé. Or, je m'en étais toujours abstenu. Et, bon sang ! ce n'était pas maintenant que j'allais m'y mettre !

De fait, sur le plan logique — on ne peut jamais se passer de la logique — il n'existait rien contre moi. L'existence et la preuve sont inséparables. Pour avoir la première, il faut avoir la seconde.

Je me cramponnai à cette idée et me préparai un bon petit déjeuner. Mais je pus à peine en manger quelques bouchées. La putain de morphine m'avait coupé l'appétit, comme elle le fait toujours. Je parvins tout juste à avaler un petit bout de toast et deux ou trois tasses de café.

Je remontai dans ma chambre, allumai un cigare et m'étendis sur mon lit. Je... Un type qui était passé par toutes les épreuves que je venais de subir, sa place était au lit.

Vers onze heures moins le quart, j'entendis s'ouvrir et se refermer la porte d'entrée, mais je restai là où j'étais. Je ne bougeai pas non plus ; je demeurai allongé, à fumer mon cigare, quand Howard Hendricks et Jeff Plummer firent leur entrée.

Howard me salua d'un bref signe de tête et traîna une chaise près du lit. Jeff s'assit, un peu à l'écart, dans un fauteuil. Howard avait peine à se maîtriser, mais il faisait de son mieux. Il s'efforçait de paraître grave et chagriné et de parler d'une voix ferme.

— Lou, me dit-il, nous... Je ne suis pas content du tout. Les événements de la nuit dernière... les événements de ces derniers temps, ça me semble tout à fait louche, Lou.

— Ma foi, c'est assez normal ! Le contraire m'étonnerait. A moi aussi, tout ça ne me dit rien qui vaille.

— Vous savez très bien ce que je veux dire !

— Bien sûr, voyons ! Je sais comment...

— Prenons par exemple ce prétendu satyre-voleur, ce pauvre diable que vous avez voulu faire passer pour un cambrioleur doublé d'un débauché capable de violer une femme. Il se trouve que nous savons qu'il n'était rien de tout ça ! C'était un ouvrier du pipeline. Il avait encore l'intégralité de sa paie dans sa poche. Et... et, oui, nous savons qu'il n'était pas ivre, puisqu'il venait de faire un copieux repas. Il n'avait pas la moindre raison de se trouver ici dans cette maison, donc Miss Stanton n'a pas pu...

— Comment ? Vous venez de me dire qu'il n'était pas là, Howard ? protestai-je. C'est pourtant bien facile à prouver !

— Ma foi... Mais il n'était pas venu cambrioler, ça, c'est une certitude. Si...

— Pourquoi une certitude ? S'il n'était pas venu cambrioler, qu'est-ce qu'il fichait chez moi ?

Les yeux de Hendricks se mirent à lancer des éclairs.

— Peu importe ! Laissons cela une minute ! Mais je peux vous dire une chose. Si vous vous figurez que vous allez pouvoir vous en tirer, après avoir déposé cet argent sur lui, pour faire croire...

— Quel argent ? m'étonnai-je. Je croyais que c'était sa paye !

Vous voyez ? Ce type n'avait aucun bon sens. Pas la moindre jugeote. Sans quoi il aurait attendu que je mentionne moi-même les billets compromettants.

— L'argent que vous avez volé à Elmer Conway ! L'argent que vous avez pris le soir où vous les avez tués, tous les deux, cette fille et lui !

— Hé, là ! hé, là ! une seconde ! Examinons une chose à la fois, m'écriai-je, en fronçant les sourcils. Prenons d'abord la fille. Pourquoi l'aurais-je tuée ?

— Parce que... eh bien, parce que vous aviez tué Elmer et qu'il fallait la réduire au silence.

— Mais pourquoi voulez-vous que je tue Elmer ? Je le connaissais depuis toujours ! Si j'avais voulu lui faire du mal, ce ne sont pas les occasions qui m'auraient manqué !

— Vous savez...

Il s'interrompit brusquement.

— Alors ? insistai-je, l'air intrigué, pourquoi j'aurais tué Elmer, Howard ?

Naturellement, il ne pouvait pas répondre. Chester Conway lui avait donné des ordres à cet égard.

— Vous l'avez tué, répéta-t-il, buté, le visage empourpré. Vous avez tué la fille. Vous avez pendu Johnnie Pappas.

— Mon pauvre Howard ! soupirai-je en secouant la tête, vous dites n'importe quoi. Vraiment ! C'est vous qui m'avez, comme qui dirait, poussé dans la cellule de Johnnie parce que vous saviez que je l'aimais bien et qu'il m'avait à la bonne, lui aussi. Et maintenant, vous venez m'accuser de l'avoir tué !

— Vous avez été obligé de le tuer pour vous protéger ! Vous lui aviez donné ce billet de vingt dollars dont le numéro avait été relevé !

— Alors là, ça ne tient plus debout ! Voyons voir. Il manquait cinq cents dollars, n'est-ce pas ? Vous prétendez que j'aurais tué Elmer et cette fille pour cinq cents dollars ? C'est bien ce que vous dites, n'est-ce pas, Howard ?

— Oui ! Je veux dire que... que... Bon Dieu de bon Dieu ! Johnnie était loin du lieu des crimes ! Il était en train de voler des pneus, à l'heure où ils ont été commis !

— C'est vrai, ça ? demandai-je, de ma voix la plus traînante. Quelqu'un l'a vu, Howard ?

— Oui. C'est-à-dire... Ma foi...

Vous voyez ce que je veux dire, hein, Schrapnel.

— Bon, dis-je. Admettons que Johnnie n'était

pas coupable de ces crimes. Vous devez savoir que c'était bien difficile pour moi de croire qu'il était coupable, Howard. Je vous l'ai dit dès le début. J'ai toujours pensé qu'il était simplement terrifié et qu'il avait perdu la tête, quand il s'est pendu. J'avais été son seul ami, et voilà que, brusquement, j'avais l'air de ne plus avoir confiance en lui et…

— Son seul ami ! Mon Dieu !

— Bon, alors probable que c'est pas lui qui a fait ça, finalement. La pauvre petite Lucille a été tuée presque de la même façon que l'autre fille. Et cet homme — vous dites qu'il avait sur lui la plus grosse partie de l'argent qui manquait. Cinq cents dollars, pour un type comme ça, c'est une grosse somme ; étant donné d'autre part que les deux meurtres se ressemblent…

Je me tus et le regardai en souriant. Il ouvrit la bouche et la referma sans proférer un son.

Un éclat de schrapnel. C'est tout ce qu'il avait dans le ventre.

— Vous avez trouvé réponse à tout, hein ? dit-il à voix basse. Quatre ou cinq crimes, si l'on compte le pauvre Bob Maples qui avait mis tous ses espoirs en vous, et vous avez le front de rester là, à tout expliquer, le sourire aux lèvres ! Vous n'êtes pas le moins du monde gêné. Comment pouvez-vous, Ford ? Comment osez-vous… ?

Je haussai les épaules :

— Faut bien qu'il y en ait un qui garde toute sa tête ; en tout cas, chez vous, ça m'a l'air d'une impossibilité. Vous avez d'autres questions, Howard ?

— Oui, murmura-t-il en acquiesçant lentement. J'en ai une. Dans quelles conditions Miss Stanton a-t-elle reçu toutes ces ecchymoses ? Ce sont des marques anciennes, qui ne datent pas d'hier soir. Le même genre de bleus et de cicatrices que ceux qui furent relevés sur le corps de la première victime, cette femme Lakeland. Comment les a-t-elles reçues, Ford ?

Schrap...

— Des marques ? Bon sang ! vous m'en demandez là une bien bonne, Howard. Comment voulez-vous que je le sache ?

— C-c-comment ? bégaya-t-il. Comment vous le sauriez ?

— Ben, oui, fis-je étonné. Comment ?

— Enfin, quoi, nom de Dieu ! Vous couchiez avec elle depuis des années ! Vous la...

— Vous n'avez pas le droit de dire ça, protestai-je.

— Non, reprit Jeff Plummer. Pas le droit de dire ça.

Howard se tourna vers lui, puis vers moi.

— Mais... Oh ! bon, je n'ai rien dit. D'ailleurs, je n'ai pas besoin de le dire. Cette fille n'est jamais sortie avec un autre gars. Rien qu'avec vous... Vous seul avez pu lui causer ces ecchymoses. Vous l'avez battue, tout comme vous avez frappé cette grue !

Je me mis à rire, d'un petit rire triste.

— Et Lucille s'est laissé faire, hein ? Je lui tapais dessus, je lui faisais des bleus, et elle continuait de sortir avec moi ? Et elle allait m'épouser ? Ça ne tient pas debout, Howard ! Aucune femme ne supporterait ça, et Lucille Stanton moins que toute autre. Vous n'oseriez sûrement pas dire une chose pareille si vous aviez connu Lucille !

Il secoua la tête, l'air médusé, et me regarda

comme si j'étais une espèce de phénomène. Son vieux schrapnel des familles ne lui était d'aucune utilité en l'occurrence.

— Voyons, Lucille a très bien pu récolter des bleus par-ci par-là, repris-je. Elle avait toutes sortes de tâches à accomplir ; elle travaillait à l'école et elle faisait le ménage chez ses parents. Ce serait bien étonnant qu'elle ne se soit pas cognée de temps en temps.

— Ce n'est pas ce que je veux dire. Vous savez très bien de quel genre de marques je veux parler.

— Mais si vous pensez que c'est moi qui l'ai fait et, qu'elle supportait ça, vous déménagez, mon vieux ! On voit que vous ne connaissiez pas Lucille Stanton !

Le fauteuil de Jeff Plummer se mit à grincer.

— Moi, j'aimais bien Miss Lucille, dit-il. Mes quatre gosses sont allés à l'école dans sa classe. Elle était aussi gentille avec eux que si leur papa avait été un de ces gros pétroliers pleins de fric.

— Oui, murmurai-je. Elle mettait tout son cœur dans son travail.

Je tirai une bouffée de mon cigare ; le fauteuil de Jeff grinça encore, plus fort que la première fois. Les yeux de Howard étaient chargés de haine. Il avala péniblement sa salive, comme un type sur le point de vomir.

— Vous vous impatientez, tous les deux, on dirait ? fis-je. Je vous suis reconnaissant de venir me rendre visite en un pareil moment, mais je ne voudrais pas vous faire perdre un temps précieux.

— Vous... Vous...

— Vous bégayez, maintenant ? Vous devriez vous

livrer à des exercices de diction avec un caillou dans la bouche. Ou un bout de schrapnel !

— Espèce de fils de... !

— Vous n'avez pas le droit...

— Non, intervint Jeff. Ne le traitez pas de ce nom-là. Faut jamais rien dire contre la mère de quelqu'un.

— Je m'en fous, de ces conneries ! Il... vous... (Il se mit à brandir le poing de mon côté.) Vous avez tué cette petite ! Vous avez tué Joyce Lakeland, Elmer Conway, Johnnie Pappas et...

— Et le président Kennedy, sans doute, aussi ? Hendricks se laissa retomber au fond de son fauteuil, en soufflant comme un phoque.

— Vous les avez tués, Ford. Vous les avez tous tués.

— Pourquoi ne m'arrêtez-vous pas, alors ? Qu'est-ce que vous attendez ?

— Ne vous en faites pas, grinça-t-il. Ne vous en faites pas. Je n'attendrai plus bien longtemps.

— Et moi non plus.

— Qu'est-ce que vous voulez dire ?

— Je veux dire que vous et toute votre bande du palais de justice, vous agissez par rancune, par méchanceté. Vous me collez tout sur le dos parce que Conway l'a ordonné ; pourquoi ? Ça j'en sais rien. Vous n'avez pas un semblant de preuve, mais vous essayez de salir ma réputation et...

— Une seconde ! Nous n'avons pas...

— Vous avez essayé. Vous avez placé Jeff chez moi, ce matin, pour écarter les gens qui auraient pu venir me voir. Vous voudriez bien y arriver, mais vous n'avez pas la moindre preuve et les gens me connaissent trop bien. Vous savez que jamais vous n'aurez de quoi étayer un acte d'accusation ; alors vous cherchez à salir ma réputation. Et comme Conway vous soutient, vous y parviendrez peut-être à la longue. Vous réussirez, si vous en avez le temps et je suppose que je ne pourrai pas vous en empêcher. Mais je ne vais pas rester là à encaisser sans rien faire. Je vais quitter la ville, Howard !

— Oh ! mais non ! Je vous préviens tout de suite, Ford, ne cherchez pas à partir.

— Qui va m'en empêcher ?

— Moi.

— Sous quel prétexte ?

— Sous prévention d'assassinat.

— Mais qui me soupçonne, Howard, et pourquoi ? Les Stanton ? Sans doute pas. Max Pappas ? Non plus. Chester Conway ? Ma foi, Conway me fait une drôle d'impression, Howard. J'ai comme l'intuition qu'il va rester dans la coulisse et qu'il ne va rien dire, ni rien faire, même si vous avez besoin de lui.

— Je vois, murmura-t-il. Je vois.

— Vous voyez cette ouverture, derrière vous ? Eh bien, c'est une porte, Howard, au cas où vous ne le sauriez pas, et je ne vois pas du tout ce qui peut vous empêcher, vous et votre M. Plummer de la prendre.

— Nous allons la prendre, dit Plummer, et vous aussi !

— Non, non, fis-je. Jamais de la vie ! Je n'ai pas du tout l'intention de faire ça, monsieur Plummer. Moi, je vous le dis !

Howard resta assis. Son visage ressemblait à une boule de pâte rougeâtre, mais de la tête il adressa un signe de refus à Jeff et resta assis. Howard se donnait vraiment du mal.

— Je... Dans votre intérêt, autant que dans le nôtre, il faut que cette affaire soit réglée, Ford. Je vous demande de vous placer... de rester à la disposition de la justice, jusqu'à...

— Vous voulez que je collabore avec vous ?

— Oui.

— Alors, cette porte, je vous demande de la fermer très, très doucement. Je souffre d'une commotion et je risque d'avoir une rechute.

La bouche de Hendricks se tordit, s'ouvrit et se referma brusquement. Il soupira et avança la main pour prendre son chapeau.

— J'aimais bien Bob Maples, dit Jeff. Et je peux dire que j'aimais bien cette petite Miss Lucille.

— Sans blague ? dis-je. C'est vrai, ça ?

Je déposai mon cigare dans un cendrier, renversai la tête sur l'oreiller et fermai les yeux. Un fauteuil craqua et grinça très fort. J'entendis alors Howard qui disait :

— Allons, Jeff...

Et puis il y eut un bruit sourd, comme s'il avait buté contre quelque chose.

J'ouvris les yeux. Jeff Plummer était penché sur moi.

Il me souriait du bout des lèvres et je vis qu'il brandissait un 45.

— T'es bien sûr que tu ne veux pas nous accompagner ? dit-il. Tu ne crois pas que tu vas changer d'avis ?

A l'entendre, je devinais qu'il souhaitait que je n'en change pas. Il m'implorait. Il me suppliait de dire non.

C'était sûr et certain. Je n'aurais même pas le temps de prononcer complètement ce mot pourtant bref. Dès la première lettre, je serais déjà mis dans l'impossibilité de prononcer désormais quoi que ce soit !

XX

Ce premier jour et cette première nuit, je les passai dans une des cellules normales, mais le lendemain matin on me boucla au secret, dans le fameux « mitard » où j'avais... où Johnnie Pappas était mort. Ils...

Comment est-ce possible ? direz-vous. Ça l'est, croyez-moi. Ils peuvent faire tout ce qu'ils veulent, ils sont assez puissants pour ça, si vous êtes vous-même assez minable pour l'encaisser. Vous n'êtes pas arrêté. Vous ne figurez pas sur le registre d'écrou. Personne ne sait où vous êtes. Personne, à l'extérieur, ne peut vous faire libérer. C'est illégal, mais j'ai découvert, il y a bien longtemps déjà, que c'est chez les représentants de la loi que la loi est le plus exposée à être transgressée.

Oh ! oui, ils peuvent faire tout ce qu'ils veulent.

Je disais donc que j'avais passé la première journée et la première nuit dans une des cellules normales. J'essayai, pendant tout ce temps, de me monter la tête. Je ne parvenais pas encore à voir la vérité en face ; je tâchais de me persuader que j'allais trouver le moyen de m'en tirer...

Mais lorsqu'ils m'eurent fait descendre au mitard,

dans la cellule où Johnnie Pappas était mort, j'ai très vite compris pourquoi ils ne m'y avaient pas collé tout de suite. Ils avaient d'abord des petits travaux à y faire. Je ne sais pas comment ils avaient goupillé leur bidule ; je suppose que cette douille au plafond, où il n'y avait jamais d'ampoule, constituait une partie du dispositif en question. J'étais donc étendu sur le bat-flanc quand soudain j'ai entendu la voix de Johnnie :

— *Salut, les copains ! Qu'est-ce qu'on rigole ici ! Je regrette bien que vous ne soyez pas là. A bientôt !*

Oui, c'était bien Johnnie, avec cette voix insolente de petit morveux. Je sautai de la couchette et tournai en rond en regardant dans tous les coins. Et la voix remit ça :

— *Salut, les copains ! Qu'est-ce qu'on rigole ici ! Je regrette bien que vous ne soyez pas là. A bientôt !*

Il répétait toujours la même phrase en s'interrompant peut-être quinze secondes à chaque reprise. Dès que j'eus pris le temps de réfléchir, je vis ce que c'était. C'était un de ces petits disques sur lesquels, pour cinquante *cents*, on fait enregistrer sa voix dans les foires. On a à peine le temps d'éternuer et c'est déjà fini. Johnnie l'avait envoyé à ses parents, la fois où il était allé à la Foire de Dallas. Il m'en avait parlé, quand il m'avait raconté son voyage. Je m'en souvenais, parce que j'aimais bien Johnnie, alors je n'avais pas oublié. Il m'en avait parlé en s'excusant de ne pas m'avoir envoyé une carte postale. Mais il avait perdu tout son fric dans une espèce de loterie, et il avait été obligé de revenir à Central City en faisant du stop.

— *Salut, les copains…*

Je me demandais quelle histoire ils avaient pu raconter au Grec. J'étais bien certain que s'il avait su à quoi ça allait servir, il ne leur aurait pas prêté le disque. Il connaissait mes sentiments pour Johnnie et ceux de Johnnie à mon égard.

Ils continuèrent à me jouer ce sacré disque, sans répit, depuis quelque chose comme cinq heures du matin jusqu'à minuit ; je ne sais pas l'heure au juste, vu qu'ils m'avaient pris ma montre. Ils ne l'arrêtaient même pas quand on m'apportait de l'eau et à manger, deux fois par jour.

Je l'écoutai donc, tantôt couché, tantôt assis. De temps en temps, quand j'y pensais, je me mettais debout d'un bond et j'arpentais ma cellule. Je faisais semblant d'être horriblement agacé, ce qui, naturellement, n'était pas vrai du tout. Qu'est-ce que ça pouvait me foutre ? Mais je voulais qu'ils se figurent que j'en étais malade, pour qu'ils continuent à le jouer. Je n'ai pas dû si mal me débrouiller car ils l'ont passé pendant trois jours et une partie du quatrième. Jusqu'au moment où le disque fut complètement usé, probable.

Ensuite, il n'y eut guère que le silence, à part ces bruits lointains du genre sirènes de l'usine, ce qui n'était vraiment guère une compagnie pour un homme.

Personne ne m'avait houspillé ni même interrogé depuis le jour où ils m'avaient bouclé. Personne. J'avais essayé de me persuader que c'était bon signe. Ils n'avaient aucune preuve. Je les avais vexés, alors ils m'avaient fourré au mitard, tout comme ils le faisaient avec un tas d'autres types. Bientôt, ils se calmeraient, et ils me rendraient ma liberté.

Ils n'avaient pas essayé de me faire parler, pas plus en recourant à la force qu'à la diplomatie. Ils s'étaient abstenus pour deux bonnes raisons. D'abord ils se doutaient bien que ça ne servirait à rien. On ne peut pas marcher sur les cors d'un bonhomme qui a les pieds coupés. Ensuite... ils ne pensaient pas que c'était nécessaire.

Car la preuve, ils l'avaient.

Ils la possédaient depuis le début.

Pourquoi ne me l'avaient-ils pas mise tout de suite sous le nez ? Eh bien, là aussi, ils avaient des raisons. Premièrement, ils n'étaient pas sûrs à ce moment-là que c'était une preuve, parce qu'ils n'avaient aucune certitude non plus à mon sujet. Je les avais complètement déroutés avec Johnnie Pappas. Ensuite, ils ne *pouvaient* pas l'utiliser, car elle n'était pas en état de servir !

Mais maintenant, ils étaient sûrs de ma culpabilité, tout en ne voyant pas très bien quels avaient pu être les mobiles. Et cette preuve serait prête à servir avant peu. Je ne pensais pas qu'ils me lâcheraient avant qu'elle soit prête. Conway était bien décidé à me posséder. Ils étaient allés trop loin pour faire marche arrière.

Je repensai au jour où, Bob Maples et moi, nous étions installés à Fort Worth ; Conway nous avait invités à faire le voyage, mais il s'était mis à nous accabler d'ordres et de consignes dès l'atterrissage. Vous voyez ? Quoi de plus évident ? Il avait révélé ses intentions à mon égard dès ce moment-là.

Et puis Bob était revenu à l'hôtel ; il était bouleversé par quelque chose que Conway lui avait dit ou lui avait ordonné de faire. Il n'avait pas voulu m'avouer ce que c'était. Il s'était contenté de bavarder sans cesse, de répéter qu'il y avait si longtemps qu'il me connaissait, quel chouette garçon j'étais... Ben, merde alors, vous ne voyez pas ? Vous ne pigez pas ?

J'avais laissé courir parce que j'étais bien forcé. Je ne pouvais me permettre d'affronter la vérité. Mais vous, vous n'avez jamais cessé de voir ce qui se passait réellement, n'est-ce pas ?

Et puis j'avais ramené Bob par le train ; il s'était saoulé, il avait dégoisé à tort et à travers, et il s'était fâché parce que je le mettais en boîte. Alors il m'avait répliqué d'une voix cassante, en me donnant en même temps un tuyau sur ma situation. Il m'avait dit... Qu'est-ce que c'était déjà ?... Oui... Il m'avait dit comme ça : « *C'est juste avant la nuit qu'il fait le plus clair.* » Ou quelque chose d'approchant.

Il était en colère et bourré par-dessus le marché quand il m'avait sorti ça. Il voulait me dire, en somme, que ma situation n'était peut-être pas aussi bien assurée que je le croyais. Et il ne s'était pas trompé. Mais probable que sa langue avait un peu fourché. Il avait cherché à faire de l'ironie mais il s'était trouvé que c'était exact. Du moins, c'est ce qu'il me semblait.

C'est vrai qu'il fait plus clair juste avant la nuit. Quel que soit le danger qu'un type doive affronter, ça le rassure de savoir qu'il y fait face effectivement. C'est comme ça que je voyais la chose, en tout cas, et j'étais bien placé pour le savoir.

Une fois que j'avais reconnu le bien-fondé de cette preuve qu'ils avaient, il m'était facile d'avouer d'autres choses. Je pouvais cesser de m'inventer des raisons pour justifier tout ce que j'avais fait, cesser de croire aux raisons que je m'étais inventées et voir enfin la vérité en face. Ce n'était d'ailleurs pas bien difficile. Quand on escalade une falaise, ou simplement qu'on se cramponne pour ne pas tomber, on ferme les yeux. On sait qu'on aura le vertige et qu'on tombera si on regarde. Mais une fois qu'on est tombé au fond de l'abîme, on peut les ouvrir. On se rend compte alors de l'endroit d'où l'on est parti et l'on parvient ainsi à se reconstituer pas à pas l'itinéraire qu'on a suivi pour escalader la falaise.

Mon point de départ, à moi, c'était la bonne. Mon père avait tout découvert. Tous les gosses font de sacrées bêtises, surtout si quelqu'un de plus âgé les y pousse ; dans ces conditions, ça aurait pu n'avoir aucune importance. Mais l'intervention de mon père en fit un drame affreux. Il s'arrangea pour me donner l'impression que j'avais commis un acte qui ne pourrait jamais m'être pardonné, qui resterait éternellement entre lui et moi, alors qu'il était toute ma famille. Et rien de ce que je pourrais dire ou faire n'y changerait jamais rien. Il m'avait placé sur les épaules un fardeau de honte et de peur dont je ne pourrais jamais me débarrasser.

Elle était partie, et je ne pouvais pas me venger sur elle, oui, la tuer, pour la punir de ce qu'on m'avait donné l'impression qu'elle m'avait fait. Mais peu importe. C'était la première femme que j'avais connue ; pour moi, c'était *la* femme. Et toutes les femmes avaient son visage. Alors je pouvais me venger sur les autres, sur n'importe lesquelles, frapper celles qui pourraient le moins se défendre ; ce serait comme si je la battais, *elle*. C'était ce que j'avais fait. J'avais commencé à taper... et Mike Dean s'était laissé accuser à ma place.

Après ça, mon père avait serré la vis. Je ne

pouvais demeurer une heure hors de sa présence sans qu'il se mette à me chercher. Alors les années ont passé sans que je puisse recommencer et j'ai fini par faire la différence entre les femmes et *la* femme. Mon père avait relâché un peu la bride ; je paraissais normal. Mais, de temps en temps, je me surprenais en train de me livrer à ces plaisanteries à froid, à ces ironies de pince-sans-rire qui me soulageaient un peu de l'affreux besoin qui s'accumulait en moi. D'ailleurs, même sans cette particularité, je savais bien, sans accepter d'ailleurs de le reconnaître — que je n'étais pas comme tout le monde, j'avais quelque chose qui clochait.

Si j'avais pu partir, au moins, aller habiter dans un pays où rien ne m'aurait rappelé ce qui s'était passé ; si j'avais eu quelque chose d'intéressant à faire pour m'occuper l'esprit, le cours de mon existence aurait peut-être changé. Mais je ne pouvais pas partir et, à Central City, aucun emploi ne me tentait. Alors rien n'avait changé ; je continuais à *la* chercher, *elle*. Et toutes les femmes qui faisaient ce qu'elle avait fait seraient *elle*.

J'avais repoussé Lucille pendant des années, non pas parce que je ne l'aimais pas, mais au contraire parce que je l'aimais. J'avais peur de ce qui risquerait de se passer entre nous. J'avais peur de ce que je pourrais faire... de ce que j'avais fini par faire.

Je pouvais reconnaître, désormais, que je n'avais jamais eu lieu de penser vraiment que Lucille risquait de me donner du fil à retordre. Elle était trop fière ; ça aurait bessé son amour-propre. Sans compter qu'elle m'aimait.

Je n'avais pas eu non plus de raisons de craindre que Joyce me causerait des histoires. Elle était trop fine mouche pour s'y risquer, autant que je sache. Mais si elle avait été suffisamment fâchée pour faire une tentative sans se soucier des conséquences, elle ne serait arrivée à rien. Ce n'était après tout qu'une putain alors que moi j'étais d'une vieille famille, d'une excellente famille du pays. Elle n'aurait pas plus tôt ouvert la bouche qu'elle aurait été expulsée en vitesse !

Non, je n'avais pas eu peur qu'elle se mette à faire des révélations. Je n'avais pas eu peur, si je continuais à jouer à ce jeu-là avec elle, de ne plus parvenir à me maîtriser. A la vérité avant de faire sa connaissance, je n'avais jamais pu me dominer. Aucune maîtrise de soi. De la chance seulement ; car quiconque me rappellerait le fardeau que je portais, quiconque ferait ce que cette première femme avait fait, serait inéluctablement tué.

N'importe quelle femme. Lucille. Joyce. N'importe quelle femme qui, même l'espace d'un instant, devendrait *elle*.

Je les tuerais.

Je persisterais, je continuerais jusqu'à ce que je les tue.

Elmer Conway avait eu à souffrir aussi, à cause d'*elle*. Mike Dean s'était fait accuser à ma place ; puis il avait été tué. Alors, en plus de mon fardeau, j'avais envers lui cette dette terrible que je ne pourrais jamais rembourser. Jamais je ne pourrais lui rendre ce qu'il avait fait pour moi. La seule chose que je pouvais tenter, c'était ce que j'avais fait : tâcher de régler mes comptes avec Chester Conway.

C'était mon principal mobile pour le meurtre d'Elmer, mais ce n'était pas le seul. Les Conway faisaient partie du cercle vicieux, de la ville, qui me retenait prisonnier ; les satisfaits, les hypocrites, les petits saints — tous ces fumiers que j'étais obligé de voir jour après jour. Il me fallait leur sourire, les saluer, me montrer aimable et serviable à leur égard. Il existe sans doute des gens comme ça partout, mais quand on n'arrive pas à leur échapper, quand ils persistent à s'imposer à vous, et qu'on ne peut pas filer…

Bon. Eh bien ?

Oui, il y a aussi cette cloche de trimard. Et les divers autres à qui je m'étais attaqué. Je ne sais pas… Pour eux, je ne sais pas trop.

C'étaient des gens qui n'avaient pas besoin de rester à Central City. Des gens qui encaissaient les coups qu'on leur balançait parce qu'ils n'avaient pas assez de fierté ni de courage pour riposter. C'était sans doute pour ça. J'ai probablement estimé que le type qui ne veut pas se défendre quand il le peut mérite les pires choses qu'on puisse lui faire…

XXI

J'étais en prison depuis huit jours, mais personne ne m'avait interrogé. Ils n'avaient pas non plus tenté de nouvelle singerie, du genre enregistrement d'une voix sur disque. Je m'y attendais pourtant un peu, parce qu'ils ne pouvaient pas être sûrs de leur coup, avec cette preuve qu'ils avaient — sûrs de la réaction que j'aurais. Ils ne pouvaient pas être certains que cette preuve m'obligerait à avouer. Et même s'ils en avaient eu l'assurance, je savais qu'ils préféreraient de beaucoup me voir flancher et passer des aveux spontanément. De cette façon-là, ils pouvaient m'expédier à la chaise électrique. Mais de l'autre, s'ils se servaient de leur preuve, ils n'y parviendraient pas.

A vrai dire, ils n'étaient pas bien équipés à la prison pour se livrer à d'autres truquages ; ils n'avaient peut-être pas pu se procurer le matériel nécessaire. En tout cas, ils y ont renoncé. Et le huitième jour, vers onze heures du soir, ils sont venus me chercher pour me transférer à l'asile d'aliénés.

On m'a installé dans une jolie chambre, bien plus confortable que celles que j'avais vues, quand j'avais été obligé d'amener à l'asile un pauvre gars, quelques années auparavant, et on m'a laissé seul. Mais il m'a suffi de jeter un regard circulaire pour me rendre compte qu'on me guettait par toutes ces petites fentes, en haut des murs. On ne m'aurait pas laissé seul dans une chambre, avec du tabac à cigarettes, des allumettes, un verre et une carafe d'eau, sans la moindre surveillance !

Je me demandais jusqu'où ils me laisseraient aller si je me mettais à me trancher la gorge ou à m'enrouler dans un drap et y mettre le feu ; mais je ne me posai pas la question bien longtemps. Il était tard, et j'étais plutôt moulu après huit nuits passées sur le bat-flanc du mitard. Je fumai une ou deux cigarettes roulées à la main, en éteignant très soigneusement les mégots ; puis avec la lumière allumée — il n'y avait pas d'interrupteur dans la chambre — je me couchai et m'endormis.

Vers les sept heures du matin, une robuste infirmière arriva, avec deux jeunes types en blouse blanche. Elle prit ma température, et mon pouls, pendant qu'ils attendaient. Puis elle s'en alla et les deux infirmiers me conduisirent aux douches, tout au bout du couloir et me regardèrent faire ma toilette. Ils ne se comportèrent pas d'une façon brutale ni même désagréable ; mais ils ne prononcèrent pas un mot de plus qu'il ne fallait. Personnellement, je n'ouvris pas la bouche.

Ma toilette faite, je passai de nouveau ma courte chemise de nuit. On retourna dans la chambre et l'un des deux infirmiers fit mon lit pendant que l'autre allait me chercher à déjeuner. Les œufs brouillés étaient plutôt fades et mon appétit, soit dit en passant, ne se trouva guère stimulé par la séance de nettoyage de la pièce ni par le vidage du pot de chambre de fer émaillé. Mais je mangeai presque tout et bus la totalité du café tiède et léger. Ils avaient achevé de faire le ménage quand j'eus terminé. Ils partirent alors en emportant le plateau, et m'enfermèrent à clé.

Je fumai la cigarette que je venais de rouler. Elle me parut excellente.

Je me demandais... Ou plutôt, non. Je n'avais pas besoin de me demander ce que serait une vie entière passée dans ces conditions-là. Ce ne serait probablement pas aussi bien que ça ; plutôt dix fois plus moche !

Pour le moment, je me trouvais dans des conditions très particulières. On m'avait planqué dans cet asile. J'avais été en quelque sorte kidnappé ; mais il risquait toujours de se déclencher un sacré scandale... Et si, en revanche, j'avais été bel et bien interné, dans les règles ?... Eh bien, je me trouverais encore dans une situation très spéciale, à un autre point de vue, évidemment. Je serais encore plus mal traité que tous les autres pensionnaires de l'hôpital psychiatrique.

Conway y veillerait, n'ayez crainte !

En tout cas, pour l'instant, j'étais bien soigné. On me laissait même me raser avec un rasoir mécanique, sous la surveillance de deux infirmiers.

Je pensais à Rothman, et à Billy Boy Walker, j'y pensais simplement, sans me faire de souci particulier, car enfin, bon sang ! je n'avais aucune raison de me tourmenter, n'est-ce pas ? Ils devaient probablement se faire du mauvais sang pour trois, les deux autres ! Mais...

Mais j'anticipe. Procédons par ordre.

Conway et les autres ne connaissent toujours pas la valeur exacte de leur preuve. Et comme je l'ai dit, ils préféraient que je flanche soudain et passe spontanément des aveux. Alors, le deuxième soir, ils ont remis ça avec les petits jeux.

J'étais au lit, couché sur le flanc, et je fumais une cigarette quand la lumière s'est mise à baisser au point qu'on n'y voyait presque plus. Puis j'ai entendu un déclic ; un pinceau lumineux a jailli au-dessus de moi et Lucille Stanton s'est dressée devant moi, sur le mur du fond. Elle me regardait...

Oui, bien sûr, c'était une photo ; une photo dont on avait tiré une copie en diapositive. J'eus vite fait de m'apercevoir qu'ils avaient disposé un projecteur derrière l'une des fentes. Sur la photo, Lucille déambulait dans l'allée de sa maison, toute souriante, mais l'air pourtant quelque peu contrariée comme ça lui arrivait si souvent. Je pouvais presque l'entendre dire : « Alors, c'est pas trop tôt. Tu as fini par arriver, enfin ! » Je savais que ce n'était qu'une photo, mais elle paraissait si vraie, si réelle, que je ne pus m'empêcher de répondre en mon for intérieur : « Ben, tu vois, ça m'en a tout l'air ! »

J'imagine qu'ils en avaient tout un album. Pour eux, ça n'avait pas dû être compliqué, vu que les parents de Lucille étaient des gens simples, accommodants, et guère enclins à demander des explications. Bref, après la première photo, assez récente, ils en projetèrent une que j'avais prise quand elle avait quinze ans. Puis ils suivirent l'ordre chronologique, à partir de celle-là.

Je l'ai vue... C'était moi qui avais pris presque toutes ces photos et ça me semblait hier... Je l'ai revue en train de jardiner, en vieux blue-jeans, puis revenant de l'église, coiffée d'un drôle de petit chapeau qu'elle avait fait elle-même ; ou encore sortant de chez l'épicier, avec un grand sac en papier dans les bras ; je l'ai revue assise sur le fauteuil-balançoire de la véranda, une pomme à la main et un livre sur les genoux...

Je l'ai revue avec sa robe toute remontée — elle venait de se laisser glisser du haut d'une barrière, et elle se penchait pour essayer de se couvrir les cuisses. Elle me criait « Non, Lou, je te défends ! Lou, ne prends pas de photo ! Non !... » Elle avait été furieuse, mais elle avait gardé la photo.

Je l'ai revue...

J'essayais de me rappeler combien de photos avaient été prises pour calculer combien de temps la séance allait durer. Mais ils me paraissaient drôlement pressés. Ils passaient les diapositives à toute allure, me semblait-il ; j'avais à peine le temps d'admirer un cliché, de me rappeler à quelle époque il avait été pris et quel âge avait Lucille ce jour-là, que vite ils passaient à un autre...

C'était stupide de projeter les diapositives à pareille allure. Après tout, le but de cette séance, c'était de me faire lâcher les pédales. Or, comment aurais-je pu être écrasé de remords, s'ils ne me laissaient même pas le temps de la regarder ?

Mais je n'allais pas flancher, bien sûr ! Plus je la voyais et plus je me sentais ferme et résolu, au contraire. Ils ignoraient ce détail, évidemment, et ça ne pourrait pas leur servir d'excuse. Ils salopaient leur travail, voilà tout ! Ils avaient une tâche des plus délicates, mais ils étaient trop flemmards ou trop bêtes pour l'accomplir convenablement.

Enfin...

Ils avaient commencé à passer les photos vers huit heures et demie. La séance aurait dû durer jusqu'à une ou deux heures du matin. Mais ils devaient être salement pressés, car la dernière photo fut projetée vers onze heures du soir.

La lumière revint ; je me levai et arpentai nerveusement ma chambre. Je m'approchai du mur où ils avaient projeté les photos et me frottai les yeux avec les poings. Je donnai alors quelques tapes dans le mur et me passai la main dans les cheveux.

Il me semblait que je faisais un bon numéro. Suffisant, en tout cas, pour leur montrer que j'avais été impressionné, mais pas assez convaincant pour servir d'argument lorsqu'il serait statué sur mon état mental.

L'infirmière et ses deux aides ne furent pas plus bavards que d'habitude, le lendemain matin, mais il me sembla qu'ils ne se comportaient pas tout à fait comme auparavant. Ils avaient l'air de me surveiller de plus près. J'exécutai toute une série de froncements de sourcils en contemplant fixement le plancher et je ne mangeai que la moitié de mon petit déjeuner.

Je touchai à peine au déjeuner et au dîner, et je fis de mon mieux pour bien jouer la comédie, sans trop appuyer ni trop glisser. Mais j'étais trop impatient. Je ne pus m'empêcher, le soir, de poser une question à l'infirmière, et tout se trouva gâché.

— Est-ce qu'ils vont encore me montrer des photos, ce soir ?

Tout de suite, je devinai que j'avais gaffé.

— Quelles photos ? dit-elle. Je ne suis pas au courant.

— Les photos de ma fiancée. Vous savez bien. Est-ce qu'ils vont encore me les montrer, madame ?

Elle secoua la tête ; une petite lueur mauvaise lui passa dans les yeux.

— Vous verrez bien. Attendez et vous verrez.

— Bon ; mais alors dites-leur de ne pas les passer si vite. Quand ils vont si vite, je n'ai pas le temps de la voir. J'ai à peine le temps de la regarder qu'elle est déjà partie !

Elle fronça les sourcils ; puis elle se mit à secouer la tête en me regardant fixement, comme si elle ne m'avait pas compris. Je la vis s'écarter un peu du lit.

— Vous... (Elle avala péniblement sa salive.) Vous voulez voir ces photos ?

— Eh bien, euh... je...

— Oui, vous voulez les voir, murmura-t-elle lentement. Vous voulez voir les photos de la jeune fille que vous... que vous...

— Bien sûr, que je veux les voir ! m'écriai-je en commençant à me fâcher. Pourquoi ne voudrais-je pas les voir ? Qu'est-ce qu'il y a de mal à ça ? Pourquoi diable ne voudrais-je pas les voir ?

Les infirmiers s'avancèrent vers moi. Je baissai la voix et me calmai.

— Excusez-moi. Je ne veux pas vous causer d'ennuis. Si vous êtes trop occupés, vous pourriez peut-être me prêter le projecteur, ici, dans ma chambre... Je sais le faire marcher et je vous promets que je ne vous l'abîmerai pas.

Je passai une assez mauvaise nuit. Il n'y eut pas de photos, et j'avais si faim que ça m'empêchait de dormir. Je fus rudement content de voir le jour se lever.

Ce fut la fin de leur truc, et ils n'en tentèrent plus

d'autres. Ils s'étaient dit qu'ils perdaient leur temps, probable. Par la suite, ils se contentèrent de me garder ; moi, je me bornai à ne leur dire que ce qui était strictement indispensable et ils se comportaient de la même façon. Cela dura six jours et je commençais à m'étonner. Cette preuve qu'ils détenaient devait bien être utilisable, à présent, si tant est qu'elle le serait jamais.

Le septième jour arriva. Je commençais à ne plus rien y comprendre. Puis, aussitôt après le repas de midi, Billy Boy Walker rappliqua.

XXII

— Où est-il ? glapissait-il. Qu'est-ce que vous avez fait de ce pauvre homme ? Vous lui avez arraché la langue ? Hein ? Vous avez fait rôtir à petit feu sa pauvre carcasse ? Qu'est-ce que vous en avez fait, je vous demande ?

Il arrivait par le couloir, en gueulant à tue-tête ; j'entendais les pas précipités d'un tas de gens qui le suivaient, en essayant de le faire taire, mais jamais personne n'y était arrivé et ceux-là n'avaient pas plus de chances que les autres. Je ne l'avais jamais vu de ma vie — je l'avais juste entendu une ou deux fois à la radio — mais je le reconnus aussitôt. Probable que je l'aurais repéré même si je ne l'avais jamais entendu. On n'avait pas besoin de voir ni d'entendre Billy Boy Walker pour deviner qu'il était dans le secteur. C'était, comme qui dirait, une intuition.

Tout ce monde s'arrêta devant ma chambre et Billy Boy se mit à frapper du poing et à tambouriner comme s'ils n'avaient pas de clé et qu'il allait devoir enfoncer la porte.

— Monsieur Ford ? C'est bien vous ? Mon pauvre monsieur ! hurla-t-il. (Pas d'erreur ! Je parie qu'on pouvait l'entendre de l'autre bout de Central City.)

Monsieur Ford ? Est-ce que vous m'entendez ? Est-ce qu'on ne vous aurait pas crevé le tympan ? Est-ce que vous êtes trop faible pour me répondre ? Courage, mon ami, courage !

Il continua à taper dans la porte et à gueuler. Ça paraît comique quand on l'entend raconter, mais ça ne l'était pas. Même moi qui savais bien qu'on ne m'avait fait aucun mal, je n'arrivais pas à trouver drôle cette sortie de Billy Boy. Pour un peu, j'aurais fini par croire qu'on m'avait effectivement passé à tabac !

Ils parvinrent finalement à faire jouer la clé dans la serrure. La porte s'ouvrit et il fit irruption dans la chambre. Son allure avait l'air aussi drôle que sa faconde ; malheureusement, je n'avais pas envie de rire.

C'était un petit pot à tabac au ventre en pointe. Il manquait deux boutons à sa chemise, si bien qu'on lui voyait le nombril. Il portait un vieux complet noir trop ample et mal coupé, des bretelles rouges et un grand chapeau noir tout flasque campé de travers. Tout en lui était à la fois éculé et démesuré mais je n'y voyais rien qui pût prêter à rire. D'ailleurs, l'infirmière, les aides et le toubib ne semblaient pas non plus avoir envie de rigoler.

Billy Boy se jeta à mon cou, m'appela « pauvre malheureux » et me tapota le dessus du crâne. Pour y arriver, il lui fallut se hausser sur la pointe des pieds, mais personne ne trouva ça risible.

Brusquement, il se retourna, empoigna l'infirmière par le bras et cria :

— C'est cette femme-là, n'est-ce pas, monsieur Ford ? Est-ce qu'elle vous a fouetté à coups de chaîne ? Fi ! Pouah ! Abomination !

Il lâcha l'infirmière et s'essuya les mains sur son pantalon, en la foudroyant du regard.

Les infirmiers s'activaient à me passer mes vêtements. Je peux vous dire qu'ils ne perdaient pas de temps. Mais on ne s'en serait jamais douté, à entendre Billy Boy.

— Bande de monstres ! glapissait-il. Vos instincts sadiques ne seront donc jamais satisfaits ? Vous n'en aurez donc jamais assez de baver d'admiration devant votre courage ? Qu'est-ce que vous attendez pour revêtir cette pauvre chair torturée, cette créature anéantie qui fut naguère encore un homme créé par Dieu à son image ?

L'infirmière passait par toutes les couleurs de l'arc-en-ciel, elle s'étranglait et suffoquait. Les joues maigres du toubib étaient agitées de tics spasmodiques. Billy Boy se baissa et s'empara alors du bassin, qu'il fourra sous le nez du docteur.

— C'est là-dedans que vous lui donniez à manger, hein ? Je m'en doutais ! Du pain et de l'eau dans un récipient honteux, dans un bassin à déjections ! C'est une honte ! Pouah ! C'est bien ce que vous avez fait, n'est-ce pas ? Répondez, manant ! Vous n'avez pas fait ça ? Répondez, espèce de parjure ! Vil suborneur : Oui ou non, répondez !

De la tête, le toubib fit signe que non, puis signe que oui. Il la secouait et la hochait en même temps. Billy Boy laissa tomber le bassin sur le parquet et me prit par le bras.

— Ne vous souciez pas de votre montre en or, monsieur Ford. Ne vous inquiétez pas de l'argent et des bijoux qu'ils ont volés. Vous avez vos vêtements ? Faites-moi confiance pour récupérer le reste — et davantage ! Bien davantage, monsieur Ford !

Il me poussa devant lui vers la porte, puis il se retourna lentement sur le seuil et tour à tour montra du doigt les diverses personnes qui se trouvaient encore dans la chambre.

— Vous ! Et vous ! Et vous ! Et vous ! Vous êtes fichus. C'est la fin. La fin !

Il les regarda tous à tour de rôle dans les yeux. Personne ne souffla mot, personne ne bougea. Il me prit par le bras et m'entraîna dans le couloir. Chacune des trois grilles était ouverte d'avance pour nous laisser passer.

Il s'insinua péniblement sous le volant de la voiture qu'il avait louée à Central City. Il la mit en marche brutalement, démarra par à-coups et fonça par le portail sur la grand-route où deux grands panneaux, un dans chaque direction, portaient l'inscription suivante :

ATTENTION ! ATTENTION !
Les auto-stoppeurs peuvent être
des
FOUS ÉVADÉS !

Il se souleva sur son siège, fouilla dans sa poche de pantalon et en tira une carotte de tabac à chiquer. Il me la proposa, mais je refusai. D'un coup de dents, il en prit alors une bonne grosse chique.

— Sale habitude ! me dit-il d'une voix paisible. Je l'ai attrapée dans ma jeunesse ; probable que je ne m'en débarrasserai jamais.

Il cracha par la portière, s'essuya le menton du revers de la main et se sécha finalement la main sur son pantalon. Je pris les accessoires du fumeur que j'avais à l'asile, et je me roulai une cigarette.

— Pour ce qui est de Joe Rothman, dis-je, je n'ai pas du tout parlé de lui, monsieur Walker.

— Mais je n'ai jamais cru ça, monsieur Ford ! Ça ne m'est jamais venu à l'idée, assura-t-il. (Je ne sais pas s'il le pensait vraiment, mais il en avait bien l'air.) Vous savez quoi, monsieur Ford ? Ma comédie, là, tout de suite, ça ne rimait à rien du tout.

— Non ?

— Non, à rien du tout. Ça fait quatre jours que je remue ciel et terre... Je ne me serais pas débattu avec plus d'énergie pour éviter la croix à Jésus-Christ. Probable que c'est une vieille habitude, comme de chiquer, je le sais, mais je continue. Je ne vous ai pas fait libérer, monsieur Ford. Je n'ai rien eu à voir là-dedans. Ils m'ont accordé tout de suite la liberté provisoire et m'ont dit où vous étiez. C'est pourquoi vous êtes dans cette voiture, monsieur Ford, au lieu de moisir là-bas.

— Je sais. Je pensais bien que ça se passerait comme ça.

— Vous avez bien compris ? Ils ne vous remettent pas en liberté ; ils sont allés trop loin pour faire marche arrière.

— Je comprends.

— Ils ont donc quelque chose ? Quelque chose que vous ne pouvez pas réfuter ?

— Oui, ils l'ont déniché.

— Vous feriez peut-être bien de me raconter tout ça.

J'hésitai, je réfléchis, et je finis par secouer la tête.

— Je ne pense pas, monsieur Walker. Vous n'y pouvez rien. Ni moi non plus, d'ailleurs. Vous perdriez votre temps, et vous risqueriez de vous ficher dans de sales draps, Joe et vous.

— Allons, allons, voyons ! dit-il. (Il cracha encore par la portière.) Je suis tout de même meilleur juge de certaines choses que vous, monsieur Ford. Vous... Ah !... vous me paraissez un tantinet méfiant, non ?

— Vous savez bien, je suppose, que je ne le suis pas. Simplement, je ne veux pas faire de tort à d'autres personnes.

— Je vois. Parlez d'une façon hypothétique, alors. Dites simplement que certain concours de circonstances risquerait de vous démolir, s'il vous concernait. Inventez-moi donc une situation qui n'ait rien à voir avec la vôtre...

Alors je lui dis ce qu'ils avaient et comment ils comptaient s'en servir. Je bafouillais pas mal, car c'était difficile de raconter ma propre histoire, de parler de l'élément de preuve dont disposait la police, en présentant tout cela comme une pure hypothèse. Mais il comprit tout, sans me faire répéter une seule fois.

— C'est tout ? demanda-t-il. Ils n'ont pas — ils ne peuvent pas obtenir, disons, un témoignage formel ?

— Je suis à peu près sûr que non. Je peux me tromper, mais je suis prêt à parier qu'ils ne pourront rien tirer de ce... de cette preuve.

— Eh bien, alors ? Du moment que vous...

— Je sais. Ils ne vont pas me prendre à l'improviste, comme ils se l'imaginent. Je... Je veux dire ce type dont je vous parle.

— Allez-y donc, monsieur Ford. Parlez à la première personne, ce sera plus facile.

— Eh bien, je ne vais pas me déballonner devant eux. Je ne le crois pas. Mais tôt ou tard, ça finira par m'arriver devant quelqu'un. Alors, vaut mieux que ce soit maintenant et qu'on en finisse.

Il tourna un instant la tête pour me regarder, et le vent de la portière fit battre le rebord de son chapeau avachi.

— Vous dites que vous tenez à ne pas faire de tort à d'autres. Vous parlez sincèrement ?

— Absolument. On ne peut pas faire de tort à des gens qui sont déjà morts.

— Ça se défend.

Je ne sais pas s'il comprenait bien ce que je voulais dire et s'il s'en contentait. L'idée qu'il se faisait du bien et du mal ne concordait guère avec ce qu'on trouve dans les livres.

— Mais moi, j'ai horreur de jeter l'éponge, grommela-t-il. Je n'ai jamais eu l'habitude de capituler, moi, je vous le dis !

— Vous ne capitulez pas, à vrai dire. Vous voyez cette voiture qui nous suit d'assez loin ? Et celle qui est devant nous, qui s'est engagée sur la route devant nous, tout à l'heure ? Ce sont des voitures de la police du comté, monsieur Walker. Vous ne jetez pas l'éponge. La partie est perdue depuis longtemps.

Il jeta un coup d'œil dans le rétroviseur, puis il regarda la route, devant lui. Il cracha et se frotta encore la main contre son pantalon.

— On a encore une bonne petite balade à faire, monsieur Ford. Dans les cinquante kilomètres, je crois ?

— A peu près. Un peu plus, peut-être.

— Vous ne voudriez pas me parler de tout ça ? Vous n'y êtes pas obligé, comprenez-le bien, mais ça peut m'être utile. Ça me permettra peut-être de rendre service à un autre....

— Croyez-vous que je pourrai… que je sois capable de vous raconter ?

— Pourquoi pas ?

Il fit passer sa chique d'une joue à l'autre, mâchouilla un moment, puis il reprit :

— Je n'ai jamais fait de véritables études de droit, monsieur Ford. Je me suis instruit d'une façon empirique, dans le cabinet d'un avocat. Toutes mes études supérieures se résument à deux ans passés dans un institut agronomique, et autant dire que ce fut du temps perdu. Je n'ai appris que deux choses dans cet institut. La première, c'est que je ne pouvais pas faire pire que les gens qui étaient bien en selle ; alors, le mieux pour moi, c'était peut-être de tâcher de les désarçonner et de grimper à leur place. La seconde est une définition que j'ai dégottée dans un manuel d'agronomie ; elle est encore plus importante que la première. Elle m'a permis de rectifier ma façon de penser, si tant est que je pensais, à l'époque. Auparavant, tout ce que je voyais me paraissait noir ou blanc, bon ou mauvais. Mais là, j'ai appris que le nom qu'on attribue à une chose dépend de l'endroit où on est placé et de celui où la chose elle-même se trouve… D'ailleurs, voici la définition, puisée dans ce manuel d'agronomie : « Une mauvaise herbe est une herbe qui n'est pas à sa place. » Permettez-moi de le redire encore : « Une mauvaise herbe est une herbe qui n'est pas à sa place. » Je trouve un coquelicot dans un champ de blé, c'est une mauvaise herbe. Je trouve un coquelicot dans mon jardin, c'est une fleur… vous êtes dans mon jardin, monsieur Ford.

Alors je lui ai tout raconté ; il m'écoutait en hochant la tête, en chiquant et en conduisant. Oui, c'était un drôle de petit père gras du bide qui n'avait qu'une seule qualité, la compréhension ; mais il en avait tant qu'on oubliait tout le reste. Il me comprenait mieux que je ne me comprenais moi-même !

— Oui, oui, murmura-t-il. Vous étiez obligé de vous persuader que vous les aimiez. Vous aviez besoin de ça pour compenser le violent sentiment de culpabilité tapi au fond de votre inconscient.

Ou encore :

— Naturellement, vous saviez que vous ne quitteriez jamais Central City. Vous aviez fait l'objet d'un tel excès de protection de la part de votre père que vous éprouviez une terreur panique du monde extérieur. Détail plus important encore, le fait de rester ici, à souffrir, constituait aussi un élément du fardeau que vous aviez à subir.

Il comprenait, pas de doute.

Probable que Billy Boy Walker était détesté en haut lieu, plus que tout autre homme du pays. Mais je n'avais jamais eu l'occasion de rencontrer un gars qui m'ait plu davantage.

J'imagine que l'effet qu'il vous faisait dépendait précisément de l'endroit où l'on se trouvait placé.

Quand il arrêta sa voiture devant chez moi, je lui avais raconté tout ce que j'avais à lui dire. Il resta pourtant quelques minutes sur son siège, à cracher son jus de chique, tout en réfléchissant.

— Vous voulez que j'entre avec vous un moment, monsieur Ford ?

— Je ne crois pas que ce soit bien malin. J'ai l'impression que ça ne va plus être bien long, maintenant.

Il tira de sa poche un gros oignon à l'ancienne mode et regarda l'heure.

— J'ai encore une heure ou deux avant mon train, mais... Ma foi, vous avez peut-être raison. Je suis navré, monsieur Ford. J'avais espéré, à défaut de meilleure solution, pouvoir vous emmener avec moi...

— Je n'aurais pas pu partir, de toute façon. C'est comme vous le disiez : je me trouve cloué ici. Je ne serai jamais libre, jamais...

XXIII

Histoire de rigoler, je suis allé jeter un coup d'œil par la porte de derrière ; puis j'ai traversé le salon et je me suis accroupi pour regarder sous le store baissé. C'était bien ce que je pensais, naturellement ! La maison était complètement cernée. Des hommes armés de carabines Winchester, des adjoints du shérif, pour la plupart, avec quelques gardes et vigiles, employés par la Conway Construction.

Ça aurait été drôle de les regarder carrément, sortir sur le perron, et de leur crier : « Alors, ça va, les gars ? » Mais ça aurait été marrant pour eux aussi ; finalement, je trouvai qu'ils avaient bien assez de raisons de s'amuser sans ça. Et puis certains de ces « gardes » risquaient d'être plus ou moins des « dingues de la gâchette », avides de montrer à leur patron qu'ils ne s'endormaient pas sur le boulot. Or, il me restait encore une petite tâche à accomplir.

Il fallait que je me prépare, que j'emballe tout ce que je voulais emporter avec moi.

Je fis un dernier tour d'inspection dans la maison, au sous-sol, en haut, partout. Je m'assurai que tout, l'alcool, les bougies et le reste, était disposé bien en ordre, partout où il en fallait. Je redescendis, en refermant toutes les portes derrière moi, vous m'entendez bien, *toutes les portes derrière moi,* et je retournai m'asseoir dans la cuisine avec un couteau à découper glissé dans la manche de ma chemise.

La cafetière était vide. Il ne me restait qu'un seul papier à cigarette et juste assez de tabac pour en rouler une. Oui, parfaitement, je n'avais plus aussi qu'une seule allumette ! On peut dire que tout était au poil !

Je tirai sur ma cigarette, en regardant la cendre gris-rose progresser lentement vers mes doigts. Je la guettai, sans nul besoin d'ailleurs, puisque je savais bien qu'elle irait jusque-là et pas plus loin.

Sur ces entrefaites, j'entendis une voiture s'arrêter dans l'allée. Des portières claquèrent. Des gens traversaient le jardin, gravissaient les marches et pénétraient sous la véranda. La grande porte s'ouvrit ; ils entrèrent. Les cendres ne rougeoyaient plus. La cigarette était finie.

Je la posai sur ma soucoupe et levai les yeux.

Je regardai d'abord, par la fenêtre de la cuisine, les deux gars qui montaient la garde par-derrière. Et puis je levai la tête pour accueillir les nouveaux arrivants ; Conway et Hendricks, Hank Butterby et Jeff Plummer, ainsi que deux ou trois types que je ne connaissais pas.

Ils s'écartèrent, sans me quitter des yeux, pour permettre à quelqu'un que je n'avais pas encore aperçu de s'avancer au premier rang. Je la dévisageai attentivement.

C'était bien Joyce Lakeland !

Elle avait le cou pris dans un plâtre qui lui montait jusqu'au menton, comme un grand col, et elle marchait d'un pas raide et saccadé. Son visage était, à peu de chose près, un masque de gaze blanche et de sparadrap ; on ne voyait guère que ses yeux et sa bouche. Elle essaya de parler — ses lèvres remuaient — mais elle n'avait pour ainsi dire pas de voix. C'est à peine si elle put murmurer quelques mots :

— *Lou... Ce n'est pas moi...*

— Bien sûr. Je n'avais jamais pensé à ça, poupée !

Elle avançait vers moi. Je me mis debout, le bras droit levé comme si je voulais me lisser les cheveux. Je me sentais grimacer ; mes lèvres se retroussaient sur les dents, en un vilain rictus. Je savais quelle tête je devais avoir, mais elle ne paraissait pas s'en soucier. Elle n'avait pas peur. De quoi aurait-elle eu peur ?

— *... ça, Lou. Pas comme ça...*

— Non, bien sûr, tu ne pourrais pas. Je ne vois guère comment tu aurais pu.

— *De toute façon, pas sans...*

— Deux cœurs qui battent à l'unisson, hein ! Deux... ha ! ha ! ha ! deux... ha ! ha ! ha ! deux... Bon Dieu de...

Et je lui sautai dessus. Je bondis sur elle exactement comme ils s'y étaient attendus. A peu de chose près. Ce fut comme si j'avais soudain déclenché un signal. La fumée se mit brusquement à s'élever du plancher. La pièce retentit de cris et de coups de feu, et moi j'éclatai d'un rire tonitruant, homérique. Car ils n'avaient rien compris. Ils n'avaient pas saisi la coupure. Elle venait d'en recevoir un bon coup dans les côtes et la lame était restée plantée dedans, jusqu'à la garde. Après ça, ils ont tous vécu heureux, j'imagine. Et... Et... C'est tout, probable.

Oui, vraiment, m'est avis que c'est tout ; à moins,

espérons-le, que les gens comme nous aient encore leur chance dans l'Autre Monde. Les gens comme nous. Nous autres…

Nous tous qui avons débuté dans la vie avec une tare quelconque, nous qui désirions tant et avons obtenu si peu, nous qui, avec de si bonnes intentions, avons si mal tourné… Nous tous : moi et Joyce Lakeland, Johnnie Pappas et Bob Maples et ce brave Elmer Conway, et la petite Lucille Stanton. Oui, nous tous, souhaitons-le.

DU MÊME AUTEUR

Aux Éditions Gallimard

Dans la collection Série Noire

CENT MÈTRES DE SILENCE, n° 54, Folio n° 2176.

LE LIEN CONJUGAL, n° 527, Folio Policier n° 256.

ÉLIMINATOIRES, n° 972, Folio n° 2371, Folio Policier n° 470.

M. ZÉRO, n° 1009, Folio Policier n° 469.

LE DÉMON DANS MA PEAU, n° 1057, Folio Policier n° 258.

DES CLIQUES ET DES CLOAQUES, n° 1106, Folio Policier n° 268.

UN CHOUETTE PETIT LOT, n° 1199, Folio n° 2318, Folio Policier n° 471.

DEUIL DANS LE COTON, n° 1319, Folio n° 1879, Folio Policier n° 468.

1275 ÂMES, n° 1000, Folio Policier n° 26.

Dans la collection Bibliothèque Noire

LE LIEN CONJUGAL.

1275 ÂMES.

LE DÉMON DANS MA PEAU.

DES CLIQUES ET DES CLOAQUES.

Aux Éditions Rivages

APRÈS NOUS LE GRABUGE, 1999.

AVANT L'ORAGE, 1998.

ICI ET MAINTENANT, 1995.

L'HOMME DE FER, 1994.

HALLALI, 1994.

LE CRIMINEL, 1993.

1929-1967, 1993.

ÉCRITS PERDUS, 1991.

LE TEXAS PAR LA QUEUE, 1990.

UNE COMBINE EN OR, 1989.

VAURIEN, 1989.

LES ARNAQUEURS, 1988.

LES ALCOOLIQUES, 1988.

LA MORT VIENDRA, PETITE, 1988.

RAGE NOIRE, 1988.

À DEUX PAS DU CIEL, 1987.

NUIT DE FUREUR, 1987.

SANG MÊLÉ, 1987.

UN NID DE CROTALES, 1986.

LIBERTÉ SOUS CONDITION, 1986.

Impression Novoprint
le 15 juin 2010
Dépôt légal : juin 2010
1er dépôt légal dans la collection : juillet 2002

ISBN 978-2-07-049836-9/Imprimé en Espagne.

178398